徳間文庫

暴れ旗本天下御免

殿様商売

井川香四郎

徳間書店

目次

登場人物

大河内右京《おおこうちうきょう》　大河内家八代目。讃岐守《さぬきのかみ》。ひょうたん息子と呼ばれていたが、父の跡を継ぎ、大目付《おおめつけ》に就任した。

綾音《あやね》　右京の妻。小石川逸見坂の西蓮寺・良按《りょうあん》の娘。

大河内徳馬《おおこうちとくま》　右京と綾音の長男。

大河内政盛《おおこうちまさもり》　右京の父。〝かみなり旗本〟と呼ばれ、幕閣連中を震え上がらせていた。現在は隠居している。

鵜飼孫六《うかいまごろく》　右京に仕える甲賀百人組頭。

第一話　殿様商売

一

　切り立った岸壁に怒濤《どとう》が打ちつけ、波の花が散っている。切り裂かれた綿がひらひらと舞うように、鈍色《にびいろ》の海に広がる。

　気が遠くなるほど高い断崖を見下ろしながら、大河内右京《おおこうちうきょう》は懸命《けんめい》に走っていた。

　一歩踏み外《はず》せば転落し、瞬《また》く間に海の藻屑《もくず》になってしまうに違いない。遥《はる》か遠くに広がる海原《うなばら》の向こうにも、どんよりとした雲が広がり、水平線が何処《どこ》かも分からない。

「待て、待てえ！　逃がさぬぞ！」

　背後から、複数の追っ手の声がする。もう四半刻《しはんとき》も慣れぬ山道を走り続けている。

　時折、ビュンビュンと空《くう》を切る音とともに、矢が飛来した。危《あや》うく避《よ》けることができていた。十数人の足軽姿の男たちが迫《せま》ってきていた。

まるで戦国時代の合戦図から抜け出たような甲冑姿《かっちゅうすがた》の連中で、槍《やり》や鉄砲を抱《かか》えながらも山猿のような身軽さだった。

「しつこい奴らだな……俺は何も関わりがないというに……」

振り返りながらも、右京は懸命に走り続けた。相手が弓矢や鉄砲を持っていようが、右京の新陰流《しんかげりゅう》の腕前であれば、たとえ十人でも倒すことができる。

だが、この隘路《あいろ》では飛び道具の方が有利だし、狭い足場では転落してしまう。しかも、大仰《おおぎょう》な戦国武士のようないでたちの輩《やから》ゆえ、甲冑に当たれば、自分の刃が欠けてしまう恐れもある。

「三十六計逃げるにしかず……とはいえ、何処まで逃げればよいのだ」

懸命に崖道から、少し余裕のある藪道《やぶみち》に飛び込んだのはいいが、こんどは茨《いばら》や灌木《かんぼく》の枝が袴《はかま》に絡《から》みついた。藁《わら》で巻いた雪駄《せった》も随分《ずいぶん》と傷《いた》んでおり、踏ん張りがきかない。

――参った……。

裾《すそ》が破れるのも構わず、藪道の奥へ突き進むと、急な坂道が現れた。その遥か先には、段々畑が広がり、小さな聚落《しゅうらく》があった。幾つかの藁屋からは、炊《かし》ぎの煙も立ち上《のぼ》っている。

絶望のどん底にあっても、人の暮らしの匂いを感じれば、かすかな希望を得る。

右京はためらうことなく、急坂を一目散に下《くだ》った。

ところが、十間《けん》余り走ると、その先はポッカリと何もなく、断崖となっていたのだ。

豪雨のせいなのか、寸断されていた。

「うわあっ！」

必死に姿勢を低くして、近くの灌木に手を伸ばしたが、走る勢いが増しており、止まることができない。坂の上には、甲冑武士たちが駆けつけて来ており、

「バカめが、その先は千尋《せんじん》地獄だッ。もはや命はない。覚悟せい！」

と頭目《とうもく》が怒鳴った。

同時、一斉《いっせい》に鉄砲を撃ち、矢を放ってくる。その弾丸が右京の脹《ふく》ら脛《はぎ》を掠《かす》め、体の均衡《きんこう》が崩れた。踏ん張ったものの、ズルズルと体は滑《すべ》り、勢いをつけた形で、

——ふらり……。

と右京は宙に飛んだ。

急に強い海風が右京の体に吹きつけ、白い波の花に包まれた。

絶体絶命——。

右京は声を発することもできず、岩に砕け散る大波の中に落下していった。

「愚か者め。無駄な悪足掻《わるあが》きだったな。ここから落ちれば、もはや命はあるまい」

甲冑武士たちの高笑いは海風に乗って、遥か佐渡島《さどがしま》まで届くようであった。

右京が追われた訳は、その一刻程前に遡《さかのぼ》る。

ここ能登《のと》半島に来たのは気儘《きまま》な旅ではなく、外浦《そとうら》の輪島《わじま》に向かう用があったからだ。同じ能登でありながら、富山湾に面した内浦《うちうら》と違って、外浦は日本海の厳しさに晒《さら》されていた。

実は、右京は元服後、十一代将軍家斉公《いえなりこう》に謁見《えっけん》した折、わずか三百石《こく》だが越前国《えちぜんのくに》丹生郡《にゅうぐん》に支配地を受けた。形ばかりのものだったが、大河内家の先祖が越前高森《たかもり》藩とも縁があったため、吉宗公《よしむねこう》ゆかりの葛野《かずらの》藩領のうち五村を拝したのだ。田畑も少なく貧しい土地柄であった。

大河内家は陣屋は置いていたものの、代々、現地に赴《おもむ》くことはなかった。右京は名目《めいもく》だけの領主は如何《いかが》なものかと、常々、訪ねてみたかった。が、越前は遥か遠く、頭《かしら》、目付《めつけ》、郡奉行《こおりぶぎょう》、勘定人という一端《いっぱし》の天領並みの役職は据えていたが、実際はわずかひとりが執《と》り行っており、実務は村役人らに任されていた。

ぶらり隠密旅に出たからには、実情を見てみたいと訪ねたのだが、どこの藩や天領でもそうであるように、領民たちは豊かとは言えない。それでも、葛野がそこそこの暮らしができているのは、福井《ふくい》城下や輪島など能登の村々と交流があったからだ。

輪島は三津七湊《さんしんしちそう》の一つに挙げられるほど、古くから湊町《みなとまち》として知られており、北《きた》前船《まえぶね》が寄港していた。室町から戦国にかけては、温井《ぬくい》氏の城下町であり、さらに畠山《はたけやま》氏、上杉《うえすぎ》氏、前田《まえだ》氏、豊臣《とよとみ》氏と支配勢力は変遷《へんせん》したが、物流の要《かなめ》であったことには変わりがない。

ここから、陸路ではなく、海路で越前や丹後《たんご》などに物資が運ばれた。葛野もその恩恵を受けていたので、雪国の寒村ながら飢《う》えとは無縁と言ってよかった。越前は一向一揆などが盛んだったが、この地にはない。

ただ、百姓たちが楽かと言えば、そうとは言えないであろう。その実態を知りたいがため、右京は自分の目で確かめたかったのもあるが、此度《こたび》、この地を訪れたのは、

――北前船による抜け荷、つまり密貿易が行われている。

との疑いがあって、大目付《おおめつけ》として探索をするためであった。

その前に自領に来てみると、頭と呼ばれる現地の代官役・稲葉平之進《いなばへいのしん》の、領民からの評判はすこぶる悪かった。

どうやら、北前船を擁《よう》する越後の廻船問屋『北国屋《ほっこくや》』から、数々の抜け荷の物資を

高値で買い付けた上で、賄《まいない》を受けていたらしいのだ。その物資を買う金は、福井藩や加賀《かが》藩から密《ひそ》かに送られている援助金のようだった。

——国元から遠い所に来れば、役人というものは、ろくなことはせぬな……。

地元で雇《やと》った者とはいえ、右京は我が家臣の不行跡《ふぎょうせき》に、呆《あき》れ果てていた。だが、まだ確たる証拠があるわけではない。稲葉の配下である目付や郡奉行なども、頭に付《そん》度《たく》をしているのか、それとも籠絡《ろうらく》されているのか、右京が直《じか》に尋《たず》ねても要領《ようりょう》を得《え》ない。

むろん、稲葉だけは、右京の顔を知っている。が、大目付とはいえ、まさか江戸から遠く離れたかような小さな領地まで来るとは思っていないから、到底《とうてい》、信じられないという態度だった。郡奉行などは、右京のことを偽者ではないかと疑ったくらいである。

「ならば、きちんとこの目で確かめるまでだ。おぬしのやっていることが正しいか正しくないか、この俺がな」

右京は持って生まれた正義感を押しつけるように、稲葉を制してから、単身、不正の温床《おんしょう》と思われる輪島に向かったのだった。

しかし、外浦を陸路で行くのは、なかなかの難儀である。

北陸街道から能登路は険《けわ》しいからこそ、海路が使われているのだ。だが、健脚《けんきゃく》を持つ若い右京には、どうということはない。今浜《いまはま》、羽咋《はくい》村、気多《けた》神社のある一の宮村、さらに剣地《つるぎじ》村、黒島《くろしま》村、皆月《みなつき》村など、越前とはまた違う景色ばかりだった。

急で複雑な地形を、うまく段々畑として作り、わずかながらの米を育てている。皆月村は南北を急峻《きゅうしゅん》な岩山に挟《はさ》まれた難所で、陸の孤島ではあるが、深い入江が良港となっており、海産物の集積地となっていた。ここでは、能登の塩を使った刺鯖《さしさば》などが作られ、越前や若狭《わかさ》、丹後などに運ばれるのだ。

この小さな村に相応《ふさわ》しくない、大きな陣屋があった。代官屋敷であると同時に、湊の役場でもあった。

能登のほとんどは加賀藩の領地だが、この周辺はかつて鳥居《とりい》家が支配する下村《しもむら》藩だった。だが、ちょっとした事件があって後、廃藩となり天領となっていた。

ここで、右京は意外なことを知ったのだ。

一年ほど前、佐渡島に人足《にんそく》を送る船が、何者かに襲われて、大勢の者たちが逃げ出す事件があった。

幕府はいわゆる無宿者対策として、佐渡送りにして、金山《きんざん》の水替人足として働かせていた。江戸の人足寄場《よせば》は、軽い罪の咎人《とがにん》や虞犯者《ぐはんしゃ》で、人別帳から外された無宿者を〝社会復帰〟させる場所である。だが、そこにも入り切らなくなると、無宿者を隔離して更生させるために、佐渡金山に送っていたのだ。

鉱夫たちは腕のある職人である。だが、水替人足は、坑道内に溢《あふ》れ出て溜《た》まる地下水を地上に汲《く》み出すという、死人が出るほどの過酷な労働を強《し》いられる。罪人ではないとはいえ、その恐《おそ》れのある悪質な者たちも多いから、まるで懲役刑であった。

老人では務まらないから、二十代から四十代の働き盛りが送られてくる。金山の一角に矢来で囲まれた百数十坪の〝水替小屋〟は、常に二百人余りの人足で溢れていた。わずかな金が支給され、ある程度の自由はあるものの、勝手に小屋や金坑のある谷間から出ることはできない。まさに牢屋敷に他ならなかった。期限はあるものの、「一度行けば死ぬまで働かされる」というのが、世間の噂だった。

むろん、佐渡島は古来、朝廷や政権への謀反人《むほんにん》が流された歴史があるとはいえ、江戸時代は〝遠島〟の流刑地ではなかった。佐渡金山に限らず、鉱山は湧水との戦いであるから、無宿者を利用して水没を防いだということである。

佐渡島の人々からすれば、無宿者が来るということで、治安に不安を感じていた。そもそも無宿者が運ばれて来るときも、目籠《めかご》に入れられたり、縄で縛られて数珠《じゅず》繋《つな》ぎの状態であるから、見せしめもよいところだ。特に女や子供らは怖がった。

しかし、渡世人《とせいにん》とか博徒《ばくと》と言われる者が多かったが、決して咎人ではない。いわば謂《い》われない罪のために、油灯りだけのほとんど真っ暗な坑道の中で、重い桶《おけ》で湧水を汲み上げる労役は、牛馬に対する扱いより酷《ひど》かった。ゆえに、〝水替小屋〟で、待遇《たいぐう》改善を要求して暴動が起こることもあった。

一定年数が経《た》てば、相応の給金を貰《もら》って故郷や江戸や大坂などに帰ることはできるものの、〝佐渡帰り〟という烙印《らくいん》が待っている。無宿者には〝丸にサの字〟の入れ墨が彫られるから、生涯、差別と偏見《へんけん》を受けて暮らさなければならない。絶対に、佐渡送りにはされたくない。だから、

——水替人足にされそうな者たちが運ばれる船は、わざと難破したように見せかけて逃亡を図《はか》った。そして、密貿易に関わっているのではないか。

と幕府側は穿鑿《せんさく》し、その調べも含めて、右京は越前、加賀、能登、越中《えっちゅう》、越後《えちご》、佐渡へと旅に出ていたのである。

その矢先、何者か分からぬ武装した奴らに、右京は襲われ、断崖絶壁から波の花の散り乱れる海に転落したのであった。

二

加賀百万石の城下は冬仕度の時節となり、石畳に土塀が続く武家屋敷の長屋門にも、雪避けが設《しつら》えられ始めていた。浅野川《あさのがわ》に近い茶屋街も、犀川《さいがわ》沿いの出格子《でごうし》の町々も、町中に広がる用水路もそこはかとなく侘《わ》びしかった。

香林坊《こうりんぼう》は、向田兵衛《むこうだひょうえ》という越前朝倉《あさくら》氏に仕えていた薬種商人が、天正《てんしょう》年間に比叡《ひえい》山《ざん》ゆかりの僧侶を婿養子《むこようし》に迎えて、それが屋号となり、町名となったという。向田兵衛の夢枕に立った地蔵尊のお告げによって、前田利家《としいえ》公の目病を治したことで「香林坊」は名を馳《は》せた。

そこから北陸街道に出る通り沿いに、城下屈指《くっし》の漆物《うるしもの》問屋『恵比寿屋《えびすや》』はあった。間口数間の大店《おおだな》だが、地味な商売の割には、常に客が押し寄せて大忙しであった。

漆とは、ウルシの木の幹から採取した樹液を精製したもので、古《いにしえ》より塗料や接着剤、防腐剤として使われてきた。なんと縄文の昔からあるという。日頃に使う椀《わん》や重箱などの漆器《しっき》から、建物や仏像などにも幅広く用いられている。この店では、堅牢《けんろう》で優美な能登の輪島塗を主に扱っている。蒔絵《まきえ》の繊細《せんさい》な美しさを引き立てるものが、金沢漆器では重用《ちょうよう》されていた。

その店の中で、客の要望や用途に合わせて丁寧《ていねい》に説明しているのが、若旦那の鷹太《たかた》郎《ろう》であった。年の頃は、まだ二十歳前であろうか。だが、漆器については、代々、蓄《ちく》積《せき》された店の知識や技術を学んで、印半纏《しるしばんてん》姿も小粋ですっかり板に付いている。

見た目はまるで錦絵の歌舞伎役者のようであり、客筋には武家や商家の娘たちも多かった。明らかに嫁になるのを狙っている様子の華やいだ女たちに囲まれて、鷹太郎も活《い》き活きとして見えた。

店の中には、法隆寺《ほうりゅうじ》の〝玉虫厨子《たまむしのずし》〟を彷彿《ほうふつ》させる漆塗りの木造品や仏像もあり、螺鈿《らでん》やら金箔《きんぱく》などを混ぜ込んだ蒔絵の施された水挿し、硯箱《すずりばこ》あるいは刀の鞘《さや》などが並んでいる。興福寺《こうふくじ》の〝阿修羅《あしゅら》像〟のように粘土に麻布《あさぬの》を被《かぶ》せた上に、漆で仕上げた逸品《いっぴん》もある。

当時は、諸国で漆が採れたから、幕府は各藩に漆器作りを奨励《しょうれい》していた。奥羽《おうう》の津軽塗《つがるぬり》や秀衡塗《ひでひらぬり》、飛騨高山《ひだたかやま》の春慶塗《しゅんけいぬり》なども素晴らしいが、輪島塗と金箔の蒔絵が華やかな加賀金沢漆器は格別であった。

「――このように、漆本来の塗り面の美しさを引き出すために、上塗りの後の磨《みが》きをしない手法もあります……これなんぞ、如何でしょうか。お椀の中身も引き立ちますよ」

鷹太郎が話をするのを、振袖の娘たちはじっと見つめているだけである。中にはポッと頰《ほお》を染めている者もいる。どうやら、買い物よりも、鷹太郎当人が目的のようであった。それでも、決して嫌がりもせず、穏《おだ》やかで気遣いある態度で接していた。

「ご存じのように、漆というのは、乾くのにかなりの時がかかります。ですから、ひとつを仕上げるのに、何ヶ月もかかることがありますが、ゆっくりと乾くからこそ、こうして蒔絵や沈金《ちんきん》という、なんとも美しい漆塗り飾りができるんですよ」

「私も……鷹太郎さんにゆっくりと乾かされたい……」

意味の分からないことを言う娘にも、

「そうですよ。男女の情愛を深めるのと同じで、じっくりと時がかかるのです、だからこそ、このように〝漆黒〟と表現されるように、深みのある黒艶《くろつや》が出るのです」

などと、さらりと躱《かわ》しながら話す鷹太郎はまた好かれるのである。

見つめられてポッと顔を赤らめていた娘のひとりが、もうたまらないという感じで、

「鷹太郎様。私をどうか、どうか娶《めと》って下さいませ。お願い致します」

と突然、迫った。

すると、それまでお淑《しと》やかだった他の娘たちも、「いいえ、私と」「子供の頃からず

っと思い続けていたのです」「だったら、私はもう親同士で話が進んでます」などと我先にと押し寄せた。

鷹太郎は一瞬のうちに揉《も》みくちゃにされたが、これもいつもの光景なのか、番頭や手代たち、客たちも温《あたた》かい目で見守っていた。

そこに、いきなり年配の武家がひとり、娘たちを掻《か》き分けるように入ってきて、

「若君ッ……おお、まさしく若君のお顔……お父上とそっくりになられましたなあ……」

と感極《かんきわ》まって涙ぐんだ。

芝居がかった様子の、かなり老体の羽織袴姿の武家を見て、娘たちは白けたような顔になった。せっかく盛り上がっていた雰囲気に、水を差されたからである。もっとも、鷹太郎が城下で屈指の男ぶりだということで、用もないのに集まっていた娘たちだから、文句も言えずに様子を見ていた。

「お懐かしゅうございます」

思わず手を握りそうになった老武士だが、遠慮がちに後退《あとずさ》りすると、店の土間に座り込んで土下座をした。

「感無量でございまする。かような立派になられたお姿を見て、拙者《せっしゃ》、生き長らえて

いたこと、心から嬉《うれ》しゅう存じます」

「——なんでしょうか……」

鷹太郎は戸惑《とまど》いの表情だが、少しおかしな客とでも思ったのであろう、傷つけないように応対した。

「お話がございましたら奥にどうぞ。他にお客様もおられますので」

てっきり売った商品に言いがかりをつけにきた輩と思ったのである。以前にも、丁寧な態度を装《よそお》って、無下《むげ》に追い返そうとしたら、大変な揉め事になり、町奉行所役人が出てくる騒ぎもあったからである。

「間違いありませぬ。いつぞやは、町のごろつきに酷い目に遭《あ》っていた人を助けられたことがありましたね。持って生まれた壮健《そうけん》な体つきの上に、お父上の正義感も受け継いだのでございましょうな。ご立派でした」

「失礼ですが、お名前をお聞かせ下さいますか」

あくまでも冷静に鷹太郎は接した。そういう姿にも、娘たちはほんのりと笑みを浮かべて眺めていた。

「ハハッ。これは失礼をば致しました」

老武士は緊張して頭を下げ、

「拙者、能登松波《まつなみ》藩の藩主・秋月能登守直亮《あきづきのとのかみなおすけ》様の側用人《そばようにん》で、丹波右膳《たんばうぜん》と申す者でございます」

「ああ、松波藩といえば、輪島にも近い能登半島の先端にありますな。やはり、漆細工が盛んなのでしょうな」

「いえ、漆はあまり採れませぬが、藩名どおり松は多いので、松脂《まつやに》から行灯《あんどん》あかりに使う油などは……あ、そんなことよりも、是非にお願いがあって馳せ参じました」

「なんでございましょうか」

「すぐにでも、松波藩に帰ってきて戴《いただ》きたいのでございます」

「帰る……」

「はい。あなた様はまごうかたなき、我が藩の若君、菊丸《きくまる》君であらせられますゆえ」

　胸を張って堂々と言った丹波右膳という老武士の声を聞いて、周《まわ》りにいた娘たちも客たちも「エッ」と見やった。

「いえ、私は鷹太郎といって、この店の六代目になる者でございます。元々は違う商いをしておりましたが、三代目からは漆器を扱うようになったそうで、私も幼い頃から、職人たちに混じって作る修業も少々、致しました。お武家様とはまったく縁がありません。正真正銘の『恵比寿屋』の跡取りでございます」

「ならば……ならば、お伺い致したいのですが、お名前が鷹太郎というのは、なぜかご存じでいらっしゃいますか」

唐突な丹波の問いかけに、鷹太郎は困惑したように首を傾《かし》げ、

「はて、特に気にかけたことはありませんが、父親からは、鷹は吉兆の鳥であり、大空に羽ばたくような大きなことをする人間になって欲しいからと、聞いたことはあります。ですが、ご覧のとおり、至って平凡な商人でございます」

「ご謙遜《けんそん》を……ならば、ご主人とお会いして改めてお話ししとう存じます。失礼ながら、実はもう何年も当藩にて調べておりまして、確かにあなた様が若君であるので、こうしてお願いに参りました次第でございます」

馬鹿丁寧に話す丹波を、鷹太郎は少し呆れて見ていたが、顔には出さなかった。あくまでも冷静に対峙《たいじ》している。そんな様子を娘たちは傍《かたわ》らで見ながら、

「本当は大名の若君だったのですね……やはり品格が違いますわね」「ならば、私は奥向きの正室になる運命《さだめ》だったのだわ」「私は側室でいいので、どうか身のまわりのお世話をしとう存じます」

などと訳の分からぬことを言い出した。

「これこれ。無礼にも程があるぞ」

丹波は娘たちに意見をしようとしたが、またガヤガヤとなったので、松波藩の家中の者たちが数人、店に入ってきて追い払おうとした。すると、鷹太郎はそれを止めて、

「分かりました。お話はお聞きしますので、うちのお客様に乱暴なことはおやめ下さいまし。ささ、みなさん、好きなだけ商品を見ていって下さい」

と娘たちに言うと、奥へ丹波を招いた。

三

奥座敷に入ると、そこには『恵比寿屋』の主人・吉右衛門《きちえもん》が待っていた。話が聞こえていたのか、何かを悟ったような真剣な眼差《まなざ》しである。いつも穏やかな顔なのに、どうしたのかと鷹太郎は思った。

吉右衛門は還暦を過ぎていて、如何《いか》にも加賀商人らしい品性と自信が漂《ただよ》っていた。先祖は朝倉家に仕えていた武士らしいが、その決然たる態度に、鷹太郎も心が張りつめた。

向かい合って座った丹波が何か言いかけると、吉右衛門の方から、

「いつか、こういう日が来ることは覚悟しておりました」

と言った。

「特にこの一年程は、店や私どもの身の周りに見知らぬ人たちが、さりげなくつきまとっており、異変を感じておりました」

「吉右衛門殿……その節はご迷惑をおかけ致しました。改めて感謝を申し上げます」

丹波の方が深々と頭を下げるので、鷹太郎は違和感を覚えた。

「赤ん坊の頃に大鷹が攫《さら》いし、藩主の跡取り、菊丸君を返して戴きたく、こうして馳せ参じました。その事情、是非にお酌《く》み取り下さいますよう、お願い奉りまする」

「——どういうことですか」

鷹太郎が吉右衛門に尋ねると、静かに頷《うなず》いて、

「私から話します」

と丹波に断ってから、淡々と語った。

「今を遡ること十八年……まだ這《は》うことも覚束《おぼつか》ぬおまえを、大きな鷹が運んできて、うちの庭の松の下に置いたのだ」

「私を？」

「籠に入っていた。鷹はしばらく、おまえの様子を見ていたが、私と妻が縁側に出てきて、赤ん坊がいるのを見つけるのを確認するようにして、羽音を立てて大空に向か

って飛び去った……何処へ行ったかは分からぬ」

「………」

「着せられていたのは節句《せっく》に使うような、立派な正絹《しょうけん》の着物で、大きな〝鷹の丸〟の家紋が入っていた。珍しい御家紋だが、いずれの家のものかは不明なので、とりあえず町奉行所の方へ届けておいたが、身許《みもと》は分からず終《じま》いだった」

　吉右衛門は事情を述べるというより、懐かしむように遠い目になって、

「こうのとりが赤ん坊を運んでくることは、よく聞くが、鷹が運んできたとはこれもまた吉兆であると店の者たちも、近所の者たちも愛《め》でてくれた。特に……亡き妻のおさいが可愛がってな……子に恵まれず四十過ぎの私にとっても宝物に思えた。だから、親が見つかるまで預かろうと決めたのだ」

「それで、私の名は鷹太郎に……」

　鷹太郎は複雑な思いながら、父の話をじっと聞いていた。

「おさいは自分が腹を痛めた子以上に、可愛がっていた。赤ん坊は日に日に表情が豊かになり、何か喋《しゃべ》りたそうにしたり、やがてハイハイから摑《つか》まり立ち……少しずつ成長するにつれて、母親としての情愛はますます大きくなってきてな。それは私とて同じだった」

「はい。沢山、慈愛をもって育てていただきました」

感謝するように鷹太郎は言った。

「三年経ち、五年経っても、実の親は現れなかった。こちらも、もう探すのはやめた。産みの親が素晴らしい御仁《ごじん》であったのだろう……鷹太郎は私たち夫婦には勿体《もったい》ないくらい、立派な少年になった」

「………」

「私たちが勧《すす》めたわけでもないのに、自ら色々な学問を志し、町人ながら心身の鍛錬《たんれん》にと町道場で剣術や武術などにも励んだ……そして、『善悪に偏《かたよ》らぬ無心の境地をもって、自然に従った暮らしをし、我が身を保《たも》ち、親に孝養を尽くし、天寿を尽くすことができる』……これは荘子《そうし》に出てくるものだったかな、鷹太郎……おまえは、それを実践するかのように日々成長してきた」

そこまで話して、吉右衛門は少し表情がどんよりと曇り、

「だが、まだ十二歳のおまえを残して、おさいは流行病《はやりやまい》で亡くなってしまった。あんなに可愛がっていたのに、もっと成長を見たかったことだろう……そんな頃、あなたが現れましたね」

と丹波に目を移した。

「――ええ、そうでした……」

　申し訳なさそうに丹波は目を細めたが、自分も十年余りにわたって、鷹太郎こと菊丸君を探し廻っていたという。

「ですが、まさか……加賀国金沢城下まで来ていたとは思ってもみませんでした」

　嘆息《たんそく》する丹波に、鷹太郎は他人事《ひとごと》のように訊《き》いた。

「鷹が運んだなんて、俄《にわか》に信じることはできません。一体、何があったのでしょうか」

「いや、それが事実なのです……」

　鷹太郎のことを若君として接している丹波は、また平伏するような態度で、

「我が藩主……あなたのお父上、秋月能登守直亮様は、越後上杉家に繋がる名門で、文武両道に優《すぐ》れた名君として知られておりました。わずか三万石の、しかも僻地《へきち》の小藩でありますが、江戸に遊学した折、知り合った学者らとの交流も多く、藩に招き講義を開いたこともあります。ええ、藩校として学問所も造りました」

「そうなのですか……」

「はい。ですから、孔子《こうし》、孟子《もうし》、荘子などにも通じておりましたので、鷹太郎様が幼くして学問を好んだということにも驚きました……しかも、韓非子《かんぴし》のような現実を見

据えた政事《まつりごと》に役立つ思想より、荘子を好むところも同じとは……荘子は少し厭世的《えんせいてき》な面がありますが、それは裏を返せば、万民平和の思いがあるからです。まさに、〝桃源郷〟のような国を、殿は目指しておられました」

「桃源郷ですか……陶淵明《とうえんめい》も嫌いではありませんが、理想とする世の中を実現するのは無理……と諦《あきら》めてますからね。それも如何なものでしょうか」

鷹太郎が何気なく言うと、丹波は首を横に振りながら、

「違います。お父上は、理想の国造りを目指しておられました。ですが、邪魔する一派がいたのです。それが今の城代家老、風間官兵衛《かざまかんべえ》なのですが、我が子を藩主に据えようと目論《もくろ》んでいるのです」

「――御家騒動ですか……」

少し呆れた顔になって、鷹太郎が訊くと、丹波はまた首を振り、

「御家騒動ではありません。謀反でございます」

とキッパリ断じた。親兄弟の争いではなく、家臣による〝下剋上《げこくじょう》〟だというのだ。

「風間官兵衛は若かりし頃、時の家老・水原主水祐《みずはらもんどのすけ》と謀《はか》って、殿を亡き者にし、自分たちの一族の誰かを藩主に据えて、思うままに藩政を牛耳《ぎゅうじ》ろうとしておりました」

「藩政を牛耳る……」

「はい。ですが私や藩の他の重職たちが、なんとか阻止しておりました。そんな時……殿の鷹狩りに際して、事もあろうに水原主水祐は随行《ずいこう》させていた家来たちをけしかけて、殿に襲いかかろうとしたのです。危難を察した殿は、側近の番方らによって守られました。ところが……」

丹波は思いが強くなったのか、拳《こぶし》を握りしめて、

「初節句の祝いも兼ねて御狩場の陣屋に連れてきていた菊丸君を、人質に取ろうとしました。若君の命と引き換えに藩主から隠居して貰うためです」

「そんな……」

「その時、殿が愛用していた大鷹が突進してきて水原の手の者を蹴散《けち》らし、眠っている若君の入った籠を両足で摑んで、遠くに連れ去ったのでございます」

大鷹は青みを帯びた黒色ゆえ〝蒼鷹《あおたか》〟とも呼ばれ、腹は白くて細い灰色の横縞《よこじま》がある。体長は二尺程あり、翼を広げれば四尺を超える鳥だ。重くて力も強く、自分よりも遥かに大きな鶴を仕留めるのだから、その鋭い爪で赤ん坊の入った籠を摑んで飛ぶなど雑作《ぞうさ》もないことだ。

深い溜息《ためいき》をひとつ吐《つ》いてから、丹波は目の前で繰り広げられているかのように、

「アッという間に鷹は空の彼方《かなた》に飛んでいきましたが、きっと菊丸君の御命を救った

に違いない。殿の愛鷹《あいよう》は、人のように賢かったから、きっと城に連れ帰ったに違いないと誰もが思いました。されど……何処を探しても若君は見つかりませなんだ」

と話してから両肩を落とした。

「――私はね、これでも〝鼻の右膳〟とからかわれるほど、犬のように鼻が利《き》くのです。ですから、鷹の行方《ゆくえ》を探し廻りました。鷹は巣立つと遥か百里《り》以上も離れた所に自分の巣を作るが、営巣地においては意外と飛ぶ範囲は狭く、せいぜい半里四方程の間といいます。ですから……」

主に城下を探索したが、まったく見つからない。巣は高い木の上に作るから、鷹巣らしい所も隈無《くまな》く探したが、行方は杳《よう》として知れなかった。根気よく少しずつ探す範囲を広げ、籠を持った鷹を目撃した者の話やそれらしき赤ん坊の噂などを頼りに何年にもわたって探したが、まったく不明だった。

「殿は鷹狩りに連れていった自分を責め、時に病床《びょうしょう》に臥《ふ》すこともありました。菊丸君の生母は、産後の肥立《ひだ》ちが悪く、生まれてすぐに亡くなったものですから、殿はますます落ち込む日々でした」

「――私は産みの母もいないのですね……育ての母にも孝行できずに……」

鷹太郎はふたりの母親を悼《いた》むように目を瞑《つむ》った。その姿に、丹波は同情して、

「悲しいことです……でも、色々な噂を頼りに探し廻り、十二歳になった若君を見つけることができた……その時、吉右衛門さんに会って事情を述べました」

「でも、どうして、私だと断定できるのでしょうか」

「若君の……鷹太郎様の疑問は当然のことですが、まずは残されていた着物は、家紋も我が藩のものですが、まさしく秋月家で作った着物……そして何より、鷹太郎様の背中の黒子《ほくろ》でございます」

「黒子……」

「はい。赤ん坊の頃の痣《あざ》は、長じるに従って消えることもありますが、黒子は残ります。丁度《ちょうど》、北斗七星《ほくとしちせい》が並ぶようにありますよね……それで確信致したのです。若君が生まれもったものです」

それが宿命だったかのように言って、丹波は膝《ひざ》を前に進めて、

「ですが、十二歳の時、城に連れて帰れば、風間に狙われるかもしれない。だから、若君の存在は報《しら》せない方がよい。私はそう判断し、限られた者だけに話をし、吉右衛門さんに、しかるべき時まで預かってくれるよう、頼んでいたのです」

吉右衛門は鷹太郎を見つめて、しっかりと頷いた。

丹波はまた両手をついて、

「これも運命《さだめ》、若君にはそれもすべて受け止めて、我が藩のために立ち上がって戴きたいのです。鷹が若君を連れ去った後、家老の水原は謀略がバレたがため切腹をして果てました。が、その後ろに隠れていた風間は責任を逃《のが》れ、着々と地位を固めて、今や家老の身となり、またぞろ殿の御命を狙っているのです」

「…………」

「殿は今、残念ながら病床にあり、跡取りもございませぬ。それゆえ、風間めは、藩主の座を自分の子にと、虎視眈々《こしたんたん》と狙っているのでございます」

「なるほど。事情はよく分かりました」

素直に頷いた鷹太郎だが、少し首を傾げながら、

「無礼を承知で言いますが、能登松波藩は取り立てて特産物もないし、実質三万石もなさそうな国。家老が藩政を牛耳りたいほどの旨味《うまみ》があるとも思えませんが」

「――さすがです……」

妙に丹波は感心してから、少し声を潜《ひそ》めるように、

「何もありません。ですが……前の水原の頃同様、今も異国と密貿易をしているのです……これは大きな声では言えませぬ。国禁《こっきん》ですからな。ですから、風間はその利権を狙っているのです。庶民の暮らしを豊かにするためなどとは違います」

「そうですか……」

鷹太郎は「さもありなむ」という顔になって、丹波に言った。

「しばらく考えさせて下さい。私にとっては突然の話です。『恵比寿屋』の跡取りですので、はいそうですかと参るわけにはいきません。ええ、たとえ父が承知していたとしても、私の生きる道のことですから」

「若君……」

ここまで告白して断られるのはあんまりだと、丹波は縋《すが》りつくような顔になった。

その時、いつの間に来ていたのか、廊下の障子戸の陰から、十四、五歳の若い娘が顔を出した。先程、押しかけてきていたような美形ではなく、少しオカメだが愛嬌《あいきょう》のある丸顔だった。

「兄さん。私が婿を取って、このお店は継ぎます。安心して、お殿様になって下さい」

「おいおい。佐枝《さえ》、勝手に決めるなよ」

「でも、私、小さい頃から思っていたんです。兄さんは何処か人と違う。一商人にしておくのは勿体ない御仁だと。お殿様になって、天下国家のために働いて下さい」

臆面《おくめん》もなく言う妹の佐枝は、冗談ではなく心から思っているようだった。だから、背中を押したいのだろうが、肝心《かんじん》の鷹太郎の方が今ひとつ乗り気ではなかった。

「御家騒動とか謀反とか、武家の騒動に巻き込まれるのは嫌です。でも、もし……」

鷹太郎の目が微《かす》かに輝くのを見て、「何なりとおっしゃって下さいませ」と丹波は身を乗り出した。

「家老に密貿易なんぞを止《や》めさせ、松波藩の財政を潤《うるお》わせるために殖産興業《しょくさんこうぎょう》を任せてくれるのならば、頑張ってみたい」

「えっ……」

「商売ならやってみたいと思ったまでです。藩主の跡継ぎの話は、その後でも良いのではありませんか」

「はいはい。もちろんでございます。文武両道の若君が率先して、やってくだされば、こんな力強いことはありません」

丹波が感銘して歓喜すると、吉右衛門も目頭《めがしら》を熱くして、

「育てた甲斐があった……世のため人のために、力を発揮してくれ」

と微笑《ほほえ》みかけた。

そんな様子を——じっと見ている目が、中庭の植え込みの陰にあった。

四

漁師しか住んでいないような小さな海辺の村に、旅姿の夫婦者が歩いてきた。

商家の手代とその連れ風だが、町人にしては屈強《くっきょう》すぎるし、目つきも鋭い。女の方も凜《りん》として背が高く、隙《すき》のない動きである。どう見ても、寒村には場違いなふたりであった。

鵜飼孫六《うかいまごろく》と早苗《さなえ》である。右京に仕える甲賀《こうが》百人組頭とその手下だ。

海辺といっても、ごつごつとした石ころがあるだけで、白浜はまったくない。漁師小屋に毛が生《は》えたような家は数軒しかなく、あちこちに干されている網を見ると、蟹漁をしている程度であろうか。

行く手に炊ぎの煙が立っているが、能登の先端の村らしく、強い海風に横に流れていた。怒濤の音も耳をつんざくほどで、海鳥の鳴き声すら聞こえなかった。

その煙がなびく家の軒先《のきさき》には、瓢簞《ひょうたん》がぶら下がっている。それを見たふたりは、お互い頷き合って駆け出した。

荒《あば》ら屋の近くまで来ると、閉まったままの表戸の中から、笑い声が聞こえる。一瞬

にして、鵜飼と早苗は、

――右京の声だ……。

と分かり、安堵《あんど》したように顔を見合わせた。

家の中は、畳もなく板間で、粗末な囲炉裏があるだけの狭い部屋ともう一間がある程度だった。そこには、継《つ》ぎ接《は》ぎだらけの着物を纏《まと》った右京と、全身濡《ぬ》れ鼠《ねずみ》の若い娘がいるだけだった。

「もう……右京さんたら、いやらしいわねえ」

「いやいや。そういう意味で言ったわけではないぞ。体に張りついているから、俺には目に毒だ、あはは」

「どうせ、私は肥《ふと》ってるって言いたいんでしょ」

「違う違う。おしまは、よい子を産みそうだなと思ったまでだ」

「それが、いやらしいんです」

と言いながらも、おしまと呼ばれた若い娘は屈託のない笑顔だった。

体中が濡れているのは、栄螺《さざえ》や鮑《あわび》などを獲《と》る海女《あま》仕事をした直後だからだ。潑剌《はつらつ》とした肢体が、白い衣装から透けて見えているから、右京には珍しかったのだ。

壁にコツンと小石が当たる音がした。右京は気付いたが、おしまは何も気付いておらず、衣桁《いこう》の向こうで着替えをしていた。

右京が窓の隙間から外を何気なく見ると、旅姿のふたり連れの姿があった。鵜飼と早苗であることは、右京にもすぐに分かり、安堵の溜息をついた。

——どうやら、瓢箪に気付いたようだな。

江戸からずっと道中は、ふたりとは付かず離れずであったが、武装した妙な輩に追われて崖から転落してから、お互いに連絡が取れなくなっていたのだ。

右京はさりげなく、おしまに話し始めた。わざと鵜飼たちに聞かせるためである。

「いや、それにしても、おしまが助けてくれなかったら、今頃は海の藻屑だ。本当に運が良かったよ」

「それを言うなら、お父っつぁんに言って下さいな。先に見つけたのは、お父っつぁんですから……まさか、あんな高い所から人が落ちてくるなんて、思ってもみなかった」

「だよなあ」

「まるで他人事みたいに……でも、満ち潮の時じゃなかったら、岩に当たって絶対、死んでました。強運の持ち主ですね」

「泳ぎは得意でな。潜《もぐ》るのは、おしまほどではないが……」

「でも、ほんと冗談抜きで、足も大した怪我《けが》じゃなくてよかった……まだ三日くらいなのに、もうほとんど治ってる。凄《すご》いですね」

「おしまと勘五郎《かんごろう》さんが面倒見てくれたお陰だよ。改めて御礼を言うよ」

右京はさりげなく話し続けた。

「ところで、この能登松波藩の藩主はたしか秋月様のはずだが、ご病気と旅の途中に聞いたが、かなり重いのかい」

「さあ、私たちは上の人のことは、サッパリ分からないよ」

「まるで絶海の孤島のような感じで、作付けできる田畑も少ないようだが、やはり人々の暮らしは漁猟で成り立っているのかな」

「そりゃそうだよ。穀物《こくもつ》つっても粟稗《あわひえ》の類《たぐい》ばかりだからね、お米は北前船頼み」

「北前船……」

「そうだよ。右京さんが言うとおり、絶海の孤島。半島とはいえ、途中は道なき道だからね、越前や越中、越後、加賀から船で運ばれてくる荷だけが頼りなんです」

江戸や大坂への米の多くは、日本海沿岸の国々や蝦夷《えぞ》から、船で運ばれていた。津軽海峡を経て東廻りで江戸に向かうか、長門国《ながとのくに》から瀬戸内海を通る西廻りで向かう航路があった。

この西廻り航路を走る船が〝北前船〟と呼ばれていた。北前とは日本海を意味する。

「能登では福浦《ふくら》に風待ち湊があるけれど、珠洲《すず》の小さな湊にも、風待ちや潮待ちで立ち寄ることがあるから、私たちは随分と助かっているんだ」

「なるほど。それで三万石もあるのだな……とはいえ、さほど豊かにも思えぬが」

「もうギリギリですよ。この村だって自分たちが食べるものを獲るのが精一杯で、市場に持ち込んで売る余裕なんてないもの」

「厳しいな……」

「これから冬になると、もっと大変。冬場は北前船も休んでるからね」

毎日、雪模様で空はどんよりしていて低く、海も鈍色が広がっている。漁労には適している時節ではあるものの、沖に離れると危ないから難しく、釣れる魚も限られてくるという。

右京は松前《まつまえ》にも行ったことがあるが、自然の厳しさをまじまじと見せつけられた。この能登の冬も人々の暮らしを苦しめているのであろうことは、想像に難くなかった。

だが、この厳しい冬であっても、抜け荷をしているという噂は、江戸まで届いている。むしろ公儀や諸藩の船が監視しにくい極寒の折を狙っているのかもしれぬ。

「でもね……」

まるで右京が考えていることを知っていたかのように、おしまは言った。

「丁度、この辺《あた》りは難破船が漂流することが多くて、それがいい塩梅《あんばい》に暮らしの助けになってるんですよ」

「難破船……」

「ええ。船の荷を戴いちゃうんです」

落とし物を拾って自分の物にするのは不法な行いだが、漂流物は着岸した土地の物になるという古来の慣習が、今も続いているというのであろうか。もちろん、江戸時代にあっても原則は禁止であり、荷主や船主に返すのが規範である。

もっとも、転覆した船から海に投げ出された者たちを、漁師が助けることはよくある。それゆえ、漂着した船荷については不問に付す代官や郡奉行などもいた。

「ほとんどは使いものにならないんだけどさ、たまに御禁制の品なんかがあって、それを売り捌《さば》いてくれる商人もいるから、もし漂流船を見つけたら、漁なんぞほったらかしにして、宝探しする者もいるよ」

「ふむ。そんなことがな……」

「そうでもしないと、飢え死にしてしまうからね」

おしまが辛《つら》そうな顔になったとき、表戸を開けて、武骨そうな中年男が入ってきた。

日焼けして怒り肩で腕の太い、いかにも漁師らしい勘五郎だ。

「余計なことを言うな、おしま」

「お父っつぁん……何処へ行ってたんだい」

「いいから飯をくれ」

「また田淵《たぶち》さんの所だね。大丈夫なの」

「それが余計だってんだ」

「もしかして、今日も宝探し？　蟹漁できそうにないもんね」

親子でしか分からぬ話をしていると、右京が訊いた。

「田淵さんというのは誰だい」

「関わりないでしょ」

勘五郎が厳《いか》つい目でチラリと振り向いて、

「お侍さんも、体が良くなったんなら、出て行ってくれないかね」

「あ、そうだな……大変、世話になった」

右京は立ち上がって、部屋の片隅に立てかけてあった刀と脇差しを手にした。

「そんな格好のまま行くのですか」

おしまの声に、継ぎ接ぎだらけの着物のままだと右京は気付いた。おしまはクスク

スとからかうように笑って、

「お似合いかもしれないけど、洗い張りしてますから、もう少し良くなるまで、居て貰っていいですよ」

「おしまッ。いい加減にせい」

叱りつけるように勘五郎が言って、今にも追い出そうとしたとき、表でざわついた音がすると、板戸を蹴破る勢いでひとりの侍が押し入ってきた。羽織の上に、さらに山の猟師のような毛皮を着込んでいる。

「おぬし。何者だ」

いきなり侍が声をかけてきた。背丈はさほどないが、屈強な体つきで、腰には胴田《どうだ》貫《ぬき》のような太竿《ふとさお》を挟んでいる。逆らえば叩き斬るという強い意志のある顔つきである。

「俺は、大河内右京という者だ」

右京は隠しても仕方がないと本名を語った。おそらく相手は、この藩の役人だろうと睨《にら》んでのことだ。

「――大河内……もしや公儀大目付の……」

「そうだ。俺のことが知られているとは驚きだが……何者かに襲われてな。その向こうの崖から落ちたところを、運良くこの漁師親子に助けられた」

公儀大目付と聞いて、おしまと勘五郎の方が驚いて、土間に跪《ひざまず》いた。

「お、大目付様！　そうとは知らず、ご無礼を……」

勘五郎は恐縮して言ったが、右京はいつものまま平然とした態度で、

「何を言う。礼を言わねばならぬのは、こっちの方だ。まこと世話になった」

「我が藩に何用でござるかな」

胴田貫の侍が訊くのへ、右京が尋ね返した。

「その前に、そこもとの名を知りたい」

「――能登松波藩郡奉行・田淵左馬之助《さまのすけ》である。一緒に来て戴けますな」

先程、おしまが言った名だと思ったが、それには触れずに、

「よかろう」

と右京は表に出ていった。

公儀大目付は三千石の大身《たいしん》の旗本であり、諸国の大名を監視する立場にある。右京が千石船なら、小藩の郡奉行など艀《はしけ》みたいなものだ。格が違うが、偉そうな田淵の態度を気にすることもなく、言われるままに従った。

表には、数人の役人が六尺棒を抱《かか》えて立っていたが、いずれも右京のことを今にも捕らえそうに身構えている。

「ほう……まるで咎人扱いだな」

右京は役人たちを見廻しながら言って、田淵を振り向いた。

「失礼ながら、まだ大目付様と判明した訳ではありませぬ。気を悪くしないで戴きたい。さあ、ご案内しろ」

田淵が役人たちに命じると、海沿いの道を歩きながら漁師小屋から離れた。何気なく振り返ると、おしまが心配そうに見ている。その腕を勘五郎が引っ張って中に入れた。

──どうやら、勘五郎が何か事情があって、田淵に報せたようだな……。

と右京は勘づいた。

「俺のことを信じられぬなら、道中手形を見せたいところだが、海に転落したときに紛失した。困ったものだ」

「嘘もそこまでにしておけ」

先程までとは違う悪辣《あくらつ》な雰囲気の声で、田淵は言った。

「いや、大目付だろうが誰であろうが、不逞《ふてい》の輩を見逃《みのが》すわけにはいかぬ」

「不逞の輩か……俺が」

「この辺りは、越前や加賀の領地、そして天領が入り組んでおる。おまえは越前の役人に追われたらしいな。逃げた所は、能登松波藩領だが、送り状が届いておる」

「送り状……」

「さよう。貴様は、越前丹生郡で何やら悪事を働いたらしいが、こっちで捕縛して送り返すことにしている」

「越前丹生郡には俺の拝領地がある。よくもそのような出鱈目《でたらめ》を……」

「黙れ。おまえこそ、いい加減なことばかり言うでない」

この声が合図になったかのように、役人が一斉に摑みかかったが、右京は軽く躱して逃げ出した。すぐに後を追った役人たちに、蟹漁の網が頭上から降りかかってきた。鵜飼と早苗の仕業《しわざ》だが、誰にもふたりの姿は見えない。

「な、なんだ、これは……！」

身動きが取れなくなった役人たちを尻目に、田淵だけが右京を追いかけ、胴田貫を抜き払うと背中から斬りつけた。

——ひらり。

と舞うように避けた右京は、地面を叩いた胴田貫の太い峰を踏み台にするようにして、田淵を蹴上げた。

「うわっ！」

したたか顎を打って仰向《あおむ》けに倒れた田淵の喉元《のどもと》に、右京の刀の切っ先がすでに向けられていた。その早業に、田淵は蟹のように泡を吹きながら、

「や……やめろ……」

「誰に命じられた。我が自領だが、越前丹生郡葛野村の頭・稲葉平之進とおまえも、通じているということか」

右京に迫られて、田淵は明らかに目をギョロリと動かした。

「稲葉が俺を狙えと？」

「し、知らぬ……」

「ならば、秋月能登守の差し金か」

「…………」

田淵は一瞬、ためらったが、「そうだ」と小さく頷いた。

「ということは、抜け荷について調べられるのを恐れてのことだな」

「…………」

「稲葉も関わっていることは先刻承知の介だ。城へ戻って、藩主に伝えるがよい。すでにこっちも手を打っておる。直《ただ》ちに事情を問い質《ただ》しにいくゆえ、首を洗って待っていろとな」

右京が喉元から切っ先をずらすと、田淵は這うようにして逃げ出した。

「忘れ物だぞ」

拾った胴田貫を、右京は投げつけた。

その柄《つか》をガッと摑んだ田淵は、そのまま一目散に駆け出した。配下の役人たちは、まだ蟹の網の下で藻掻《もが》いていたが、見捨てて逃げる田淵の姿は惨めだった。

漁師小屋の陰に潜んでいた鵜飼と早苗は、右京を見て目顔で頷いてから、素早く田淵を追いかけるのであった。

五

能登松波藩の城下町は、櫓《やぐら》くらいの大きさの三階三層の平山城《ひらやまじろ》の周りに、武家地と町人地が混在して広がっていた。

わずか半里四方ほどの広さで、迫っている山肌と日本海に囲まれるような狭い平野にあった。平野という言葉も相応しくないほど田畑は少なく、城下の通りも隘路と言うしかないほどで、人が擦《す》れ違うのがやっとという細さだった。

これでは荷車などが通るのも不便であろうし、市場など物売りをする場所や人が集まる空き地もなさそうだった。そもそも人の数も少なく、湊の周辺に集落がある程度であった。

その城下町の一角を――。

田淵は必死に走ってきていた。城は狭い濠《ほり》に囲まれてはいるが、もし他国の軍勢が押し寄せてくれば、一晩で土砂に埋められてしまいそうな程度のものだった。もっとも泰平の世の中である。籠城するような事態は考えられなかった。

大手門近くにある一際大きな武家屋敷の長屋門に、田淵は駆け込んだ。玄関に入り込むなり大きな声で、

「御家老！　田淵でございまする！　火急の報せがあって参りました！」

と訴えた。

すぐに数人の家臣が飛んできて、用人風の男が「何事だ」と声を荒らげた。

「静かにせい。御家老は只今、午睡を取っておられる」

「では、用人の佐竹主水《さたけもんど》様にお伝え致します。例の男が逃亡致しました」

「例の男……もしや、大河内右京のことか」

「はい。思いの外《ほか》、凄腕でして……ひとりだと思って油断を致しました」

「で……」

佐竹が冷ややかに訊き返すと、田淵は不思議そうに見やった。

「――で……と申しますと……」

「逃がしましたで、済むと思うておるのか」

「深く反省しております。直ちに舞い戻って、始末したいと思いますが、まずはお報せしておこうと思いました。奴は、大河内右京は、殿のもとに向かって、抜け荷について問い質すと申しておりました」

少し考えてから、佐竹は曰《いわ》くありげな顔になって、

「さようか。ならば、捨て置け」

「はあ？」

「抜け荷に関して、御家老の名前は出しておらぬだろうな」

「決して……」

「相分かった。後はこちらで処するゆえ、おまえはもう大河内に手を出すな」

「しかし、それでは……」

「構わぬ。この際、殿に会って貰うた方が都合が良いかもしれぬのでな」

釈然としない田淵だが、佐竹に命じられて自分の持ち場に戻ろうとした。すると呼び止めた佐竹が、念を押すように言った。

「田淵……そろそろ抜け荷の捌き先の商人を替えろ。あまり長く使っておると、箍《たが》が緩むのでな」

「え、しかし、それでは……」

「おまえも甘い汁を吸っているのであろうが、蟻《あり》の一穴《いっけつ》の譬《たと》えもある。よいな」

「は、はい……」

田淵は大人しく引き下がるしかなかった。

奥の寝所では、午睡の途中で目が覚めた松波藩城代家老・風間官兵衛が不愉快そうに、眉間に皺《しわ》を寄せていた。顔だちは公家のようにおっとりしているものの、それが癖なのか神経質そうに頬を引《ひ》き攣《つ》らせていた。

「今の大声はなんじゃ」

「はっ。郡奉行の田淵めでございます」

佐竹は今し方、聞いた話をそのまま、風間に伝えた。大河内右京が藩主に直談判《じかだんぱん》に行くと知ると、佐竹と同じことを考えたのか、慌てることなく頷いて、

「上手《うま》くいけば、下手《へた》な小細工をせずとも、吉事が転がり込んでくるやもしれぬな。この際、殿には抜け荷の一切の責任を負って貰おうではないか」

「さすがは、御家老。悪智恵はすぐに廻りますな」

「おまえに言われとうない」

「ご冗談を……」

　お互い詳細を話さずとも、意思の疎通《そつう》がはっきりしているようだ。

「城の方は儂《わし》に任せて、それよりも佐竹……おまえは直ちに、佐渡へ渡れ」

「佐渡へ……」

「うむ。この際、そっちも手を打っておいた方がよかろう。いつまでも、あんな奴に佐渡を牛耳らせておくことはあるまい」

「しかし、御家老、それは……」

　佐竹は憂慮《ゆうりょ》するような表情になった。だが、風間の方は淡々と事もなげに、

「事と次第では、おまえがその手で斬れ。そして、大河内右京に差し出せばよい」

「つまり……抜け荷に関わる一切は、殿と佐渡奉行……このふたりのせいにしてしまおうというわけですね」

「愚か者。みなまで言うな」

「これは、私としたことが……では直ちに、手勢を連れて渡りますすれば」

　深々と一礼すると、佐竹は立ち去った。

　すると、また横になった風間は天井を見上げたまま、

「おるか。義之介《よしのすけ》――」

と声をかけた。

すぐに襖《ふすま》が開《あ》いて、まだ元服前の若党風が顔を出した。

「聞いておったか」

「はい、父上。私も佐渡に渡った方が宜《よろ》しいのでしょうか」

「そうではない。もし、公儀大目付の大河内右京が殿と面談をすれば、その席に、儂と一緒におまえも参れ」

「と申しますと……」

「殿には嫡子がおらぬ。抜け荷の罪で、殿が切腹になったとしても、この能登松波藩を存続させねば意味がない。存続のために、儂が大河内右京に嘆願《たんがん》し、廃絶の留保さえ取り付けておけば、後はどうにでもなる」

「…………」

「おまえが次期藩主になる。元服の儀式をもって、正式に当藩の殿様になる――前々から、言うておったことだが、我が風間家は血統と資質からも、先祖伝来のこの地を治める使命がある」

風間が語気を強めると、義之介も真剣なまなざしで頷いた。

「はい。承知しております」

「うむ。余計な心配はいらぬ。儂の言うとおりにしておけばよい」

風間はわずかに父親らしい顔になって微笑んだ。義之介も少し笑みを返して、一礼すると立ち去った。

入れ替わるように、廊下から入ってきたのは、俊敏そうな家臣たちだった。いずれも羽織姿ではあるが、身のこなしから見て、明らかに忍びのようだった。その頭目格が風間に近づいたが、よほど信頼しているのであろう、寝転がったまま話を聞いた。

「殿……郡奉行が報せに来たとおり、大河内右京は生きて領内におります。いずれ松波城を訪ねるかと思いますが、仕留めるならばその前か、城中にてか……」

「それは中止だ。わざわざ出向いてきたのだから、逆手《さかて》に取る」

「では、下手な手出しは無用でございまするな」

「さよう。だが……あの〝かみなり旗本〟と老中や若年寄らに恐れられた大河内讃岐《さぬきの》守《かみ》もまだ健在だと聞き及んでおる。継いだ倅《せがれ》の右京とやらも、将軍家斉公が一目置くほどの〝暴れ〟ぶりだという。油断するでない」

「たしか、大河内右京は甲賀百人組頭の鵜飼孫六を従えているはず……しかも、この男は初め、幕命で右京を監視していた者。それが寝返って、というよりも右京に惚《ほ》れて、命を預けているとか」

「甲賀か……ふふふ。伊賀者《いがもの》のおまえたちにとっては、格好の相手だな」

「今はそのようなご時世ではありませぬぞ、殿……」

家老のことを「殿」と呼んでいるこの忍びは、先祖伝来、風間家に仕えてきた伊賀上野《うえの》出身の虎丸《とらまる》である。

「ですが、殿……私には嫌な予感が致します……かつて戦国の世の折、この地では裏切りが起こり、殿の一族は滅ぼされそうになりましたから。油断なされませぬよう」

虎丸はそう言ってから、さらに近づいて声を潜めた。

「それより、殿……気がかりなことがございます」

「なんだ」

「元家老の丹波右膳がこのところ、何やら怪しげな動きをしていたので、手の者に探らせていたところ、あの菊丸君を探し当てた節《ふし》がございます」

「菊丸君……だと」

信じられないとばかりに、風間は首を振ったが、虎丸は加賀金沢城下の漆物問屋『恵比寿屋』の息子として成長していたことを告げた。それを丹波が長年かけて探し出し、『恵比寿屋』の当主と話を付けていたことも伝えた。

「まさか、そのようなことが……あるはずがない……」

起き上がった風間の顔が俄に醜《みにく》く歪《ゆが》んできた。

「大鷹が赤ん坊の菊丸を攫ったのは、目の前で見ているのだ。生きているとは到底、考えられぬ……丹波め、殿の容態が悪いと見て、偽の菊丸を後継者に仕立てるつもりだな」

「如何致しましょう。これも芽《め》が小さいうちに摘んでおいた方がよろしいかと」

「うむ。おまえたちに任せる。よしなに頼んだぞ」

「ハハアッ――」

忠実な虎丸に従って、他の者たちも風間に平伏するのだった。

六

能登松波藩へは金沢からなら小矢部《おやべ》の倶利伽羅峠《くりからとうげ》を越え、加賀藩の支藩とも言える富山藩領内の新湊から、内浦を船で渡っていく。もしくは、古よりある大野《おおの》湊から、外浦を廻って須須《すず》神社沖を巡って向かうことができる。

能登半島の東側を内浦、西側を外浦という。内浦は富山湾に面しているから波が穏やかで、佐渡島まで一気に航行できるが、外浦は波が荒いため、福浦や黒島、光浦《ひかりうら》のいずれかで停泊せねばならない。それでも、急ぎならば外浦の方が早い。

――善は急げ。

とばかりに、鷹太郎一行は外浦から、能登松波藩に到達した。

途中、須須神社に立ち寄り、これから先のことがすべて安泰であることを祈願した。

須須神社には、高座宮《たかくらぐう》と金分宮《きんぶんぐう》の〝夫婦神〟がある。高座宮の主神であるニニギノミコトが来臨した折に、美しい鈴でこの地を鎮《しず》めたことに、須須の名は由来する。金分宮の主神は、コノハナサクヤヒメノミコトといい、豊かに育った稲穂がぶつかりあって、まるで鈴が鳴るように沢山実ることを願っている。

前海の葭ヶ浦《よしがうら》は、北前船の立ち寄り先でもあり、神社の奥にある山伏岳《やまぶしたけ》は航行の際の目印になっていた。まさしく奥能登の守護神に相応しい、天平《てんぴょう》年間以来の由緒《ゆいしょ》ある神社であった。

鷹太郎は神事である流鏑馬《やぶさめ》で悪神を射《い》るのを真似《まね》て、矢を放って縁起を担《かつ》いだ。

悪神に見立てた的に命中させた鷹太郎の腕前に、

「さすがは武道を嗜《たしな》まれただけのことはありますな。この勢いで、我が藩の悪党退治も願いたいものです」

と丹波は上機嫌であった。

岬を廻るようにして、松波城のある城下町に来たとき、鷹太郎に不思議な郷愁の気持ちが湧《わ》き起こった。

鷹に連れ去られたのは、まだ生後半年程のことである。覚えているはずはないが、見上げる山の峰々や潮風の香りが、ただ懐かしいだけではなく、胸に迫るものがあるのだ。赤ん坊の頃の五感は、大人の何百倍も鋭いと言われているが、記憶と結びついているのであろう。

何処からか、カランコロンという音が聞こえた。柔らかいけれど透明感のあるもので、耳に心地よかった。

鷹太郎はふと立ち止まり、辺りを見廻しながら、

「――あの音は……」

と訊くと、丹波はすぐに答えた。

「鈴の音《ね》ですよ」

「えっ。鈴なのですか……」

幾つか複数がぶつかりあうように鳴っているので、楽器のようであった。しかも、凛々《りんりん》という硬い音ではないから、鷹太郎はまた不思議な気持ちになって目を閉じた。

「この音も覚えがある。青い空を見上げて、ずっと聞いていた……ああ、たしかにこの音だ……夢にまで出てきていた」

「そうなのですか。やはり、あなたは菊丸君に間違いありませぬ」

丹波は笑いながら話した。

「殿も亡くなったお母上も、この鈴がお好きでしてね。本丸の縁側の軒に、まるで干し柿のように沢山、ぶら下げておられました。これは、鉄ではなくて、陶器で出来ている鈴なんです。だから、音がふくよかで優しいんです」

「ああ、そうなんですね……」

「ええ。向こうに見えるのが、鈴ヶ嶺《すずがみね》……陶器作りに相応しい粘土が採れるのです」

「鈴ヶ嶺……」

「まさしく、鈴のような丸みを帯びた山でございましょ」

丹波はなんだか嬉しそうに、孫に語って聞かせるように続けた。

「この須須神社に由来する、珠洲の地は、その昔、陶器の産地として栄えていたのですよ。今では、あまり見かけなくなりましたが、足利《あしかが》から戦国の世にかけて、この日《ひ》の本《もと》中に広まるほど、珠洲古陶《ことう》は隆盛《りゅうせい》を極めたのです。ですが、この地を治めていた畠山氏が滅んだ頃に、陶器も姿を消しました」

「畠山……」

「はい。元々は、能登畠山家が支配していた地ですが、越後の上杉家に攻められて……珠洲古陶というのは、須恵器《すえき》の流れを汲むんです。須恵器というのは、〝すえうつわもの〟ともいって、朝鮮渡りの製法で作られたもので、かの仏教を庶民に布教した行基《ぎようき》が広めたとの言い伝えもあります」

「そうなのですか……」

「なので、釉薬《ゆうやく》を使わないで〝穴窯《あながま》〟というので、焼くのです。この辺りの土には鉄分が多いから、薪《まき》の灰が溶《と》けることで、釉薬を塗らなくても、なんとも美しい艶があって、渋い黒灰色の器になるのです。それに、草花とか家紋とか、蝶や鳥など様々な紋様が付けられることもあります」

「いや……漆器問屋を営んでいるのに、恥ずかしながら知りませんでした」

「今はあまり作られておりませせぬゆえ。漆器とはまた違いますが、通じるところもあるかと存じます。城の蔵にはそれこそ、沢山、昔の焼き物がありますので、たんとお見定め下さいませ」

「ありがたいことです。それにしても、爺《じい》は物知りですねえ」

鷹太郎はさりげなく言った言葉だが、丹波は感無量になって、目頭を袖で拭《ぬぐ》った。

「――爺と呼んで下さいますか……ありがたいことです……菊丸君をあやすときには、不肖私め、爺と名乗っておりました」

「そうですか。では、これからは爺と呼ぶことにします。丹波様とか右膳様とかは、なんとなく言いにくいので」

「名前は呼び捨てで結構でございますよ。何しろ、若君ですからね。いずれ殿様になられるお方です。遠慮なく、どうぞ」

「では、言うぞ。爺……」

「ええ、ええ。何度でもおっしゃって下さいませ」

「ならば、これより私のことは、鷹太郎と呼んで下さい。菊丸という柄ではないし、武士は名を変えていくのでしょ」

「秋月鷹太郎……なかなか立派で、ようございますな」

「名前だけ立派では困るな。せっかく商人の小倅が藩主になるのならば、能登松波藩を商いをもって豊かにしたい。そしたら、誰もがみな暮らしが楽になるだろう」

「ええ、ええ。そうなさって下さい。数理に長《た》けたお殿様ならば、商売も上手でしょう。まさしく〝殿様商売〟でございますな」

「それは意味が違うであろう」

鷹太郎が笑うと、丹波は首を振って、

「いいえ。本来、〝殿様商売〟とは、客が来るのを黙って待っているのではなく、『殿様が先頭に立ち、〝無価値な〟とんでもないものを、奇抜な考えで〝値打ちあるものにして〟売る――ということだったのです」

「本当に……？」

疑るように微笑む鷹太郎に、至って真面目な顔で丹波は言った。

「出鱈目を教えて何になりましょう。それこそ加賀百万石のお殿様も、商売上手だからこそ、ああして栄えております。やがて、〝千客万来〟のように、大勢の人々が集まってくる意味にもなっておりますよ。だから、客の方から足を運んでくることを、〝殿様商売〟というようになったのです」

「爺が申すのなら、ま、そういうことにしておこう。アハハ」

「いえいえ、戯《ざ》れ言《ごと》ではありませんよ」

ふたりの間に和《なご》やかな笑いが起こったときである。

突然、ヒュンヒュンと空を切る音とともに矢が数本、飛来してきた。

とっさに避けた鷹太郎を、丹波も思わず抱きしめた。同時、随行している数人の家臣たちが駆け寄ってきて、ふたりを庇《かば》うように円陣を組んで身構えた。

するとと神社本殿の裏手から、黒装束《くろしょうぞく》の一団が駆けつけてきた。その数、三十人は下らない。しかも手裏剣や小さな弓などを持っており、すでに忍び刀を抜き払っている者たちもいて、鷹太郎一行をあっという間に取り囲んだ。

「な、なんだ……」

異様に張りつめた雰囲気に一瞬、怯《ひる》んだ鷹太郎だが、丹波は険しい顔になって、

「落ち着いて下され、若君。相手は誰か、察しはついております。それにしても、年は取りたくない。〝鼻の右膳〟の鼻が利かなくなったのかのう。まったく気付かなんだわい」

と言った。

相手は皆殺しにするつもりなのか、じわじわと大きな円陣を狭《せば》めてくる。だが、丹波は落ち着いた声で、

「どうせ、家老の風間官兵衛の手の者であろう……虎丸。何処におる」

と声をかけた。

すると、円陣の外、神楽殿《かぐらでん》の舞台に人影が現れた。

「おお、やはりおまえか、虎丸」

情けない年寄りに見えていた丹波が、俄に腕利きの武芸者のような態度に変わった。

まさしく虎丸であったが、風間の前にいたときの姿とは違い、如何にも忍びの者の頭目という黒装束に黒羽織姿だった。

「——丹波殿……余計なことをしてくれましたな」

「やはり、菊丸君を探していたこと、承知しておったか」

「問答無用。お命を戴く」

「控えろ、虎丸。ここにおわす御方が、殿が御一子、菊丸君と分かって斬るというのならば、この丹波右膳、容赦《ようしゃ》はせぬぞ」

気迫の籠《こ》もった顔つきになって、丹波は腰の刀の鯉口《こいぐち》を切った。

「二十年前といえば、おまえはまだガキだった。何も事情を知らぬのに、風間の言いなりになっておるのか」

「…………」

「帰って風間に伝えよ。もはや、おまえの出る幕はない——とな」

「それは、こっちの科白《せりふ》だ。悪足掻きはよせ」

「ならば、儂も遠慮はせぬ」

丹波がおもむろに刀を抜き払うと、家臣たちもジャッと音を立てて抜刀《ばっとう》した。すると、忍びたちが一斉に躍《おど》りかかって、鷹太郎を守っている家臣たちを蹴散らした。

丹波は年寄りながら、鋭い太刀捌きで、斬りかかってくる忍びを、ひとりふたりと鮮やかに斬り倒した。

「さすがは、神道無念流《しんとうむねんりゅう》創始者直伝《じきでん》の腕前……まだまだ寂《さ》びておりませぬな」

と虎丸は苦笑しながら言ったが、その目は笑っていなかった。

「畏《おそ》れながら、刃向かいまする。御免ッ」

虎丸はひらりと舞台から舞い降りると、目にも留まらぬ速さで丹波に駆け寄り、手裏剣を数本、浴びせかけてから、抜刀道のような素早さで抜き払って斬りかかった。

――カキン。

丹波は鋭く一の太刀は叩き落としたが、虎丸が返す二の太刀の切っ先が、わずかだが利き腕を掠めた。先に手裏剣を一本、肩に受けていたから、動きが鈍《にぶ》くなっていた。

それでも、丹波は鷹太郎を守りながら、手下の忍びが飛び掛かってくるのを、薙《な》ぎ払った。

その背後から、虎丸が丹波の刀を叩き落とした。

だが、次の瞬間――ふわりと体が宙を舞っていた。鷹太郎がとっさに潜り込んで、柔術《じゅうじゅつ》で投げ飛ばしたのだ。

虎丸は猫のように回転して着地したが、ニンマリと笑って、

「ほほう……若君とやらも、なかなかやるではないか」

「加賀前田家に伝わる中条流《ちゅうじょうりゅう》を少々、鍛錬していたもので」

「生兵法《なまびょうほう》は怪我の元だ」

真顔になった虎丸は、容赦せぬとばかりに斬りかかると、手下たちもまるで一体になったように襲いかかった。一瞬にして、丹波の家来たちは斬り倒され、中には首に刀を受けて絶命した者もいた。

じわじわと鷹太郎と丹波に迫る忍びたちに、

「弄《もてあそ》ぶのはもうよい。仕留めろ」

と虎丸が命じた。一斉に斬りかかろうとしたときである。

「待て待て！」

声と同時に、小柄が飛来して、虎丸の腕に命中した。

「ウッ――誰だッ」

海が燦《きら》めく浜辺の方から、石の鳥居を潜《くぐ》って走ってくるのは、右京であった。

継ぎ接ぎだらけの着物で、貧しそうないでたちなので、忍びたちは面食らったが、虎丸には分かっていた。すぐに手裏剣を素早く投げつけたが、右京はすべて見えているかのように躱し、虎丸に近づいてきた瞬間に、刀を抜き払って斬った。

ふわりと飛び上がった虎丸だが、着地したときには鎖鎌《くさりがま》を構えていた。分銅を投げつけようとしたとき、僅《わず》かに膝が傾いた。

「!……」

虎丸は膝下を斬られていて、体の均衡が崩れたのだ。完全に避けたつもりだったが、目に見えぬ速さで、右京の太刀の切っ先が触れていたのだ。しかも、踏ん張るまで気付かなかった。

手下の忍びたちが襲いかかろうとしたが、

「やめろッ――」

と止めた。敵《かな》わぬ相手と瞬時にして見極めたのか、虎丸は腕に立ったままの小柄を抜いて、地面に叩きつけた。

「さすがは、大目付・大河内右京……今日のところは引き下がろう」

「………」

「おぬしには逆らうなと、〝殿〟に命じられておるのでな」

虎丸が手を振って本殿の裏手に駆け出すと、手下の忍びたちは四方に散って逃げた。

丹波に斬られた者たちだけは、その場に倒れていた。軽く瞑目《めいもく》してから、丹波は右京に向き直った。

「かたじけない……しかし、大目付の大河内様とは、まことでございまするか」

「うむ。秋月能登守に会いに来たのだが、何者かに襲われて、この始末だ」

右京は刀を収めると、情けない顔で着物の袖を広げて見せた。丹波は険しい表情のままで、頭を下げると、

「拙者、能登松波藩・元家老の丹波右膳と申す者でござる」

「おお、元家老……何か曰くありげだな。先程の者たちは」

「今の城代家老、風間官兵衛の手の者でござる。そして、この御方が……」

鷹太郎を見やってから、

「それは道々、お話し致しましょう……大目付様が殿に面談下さるとは、願ってもないこと。これも何かの縁。すぐにでも、ご案内しとう存じます」

と丹波は丁重《ていちょう》に頭を下げるのであった。

七

丘の上の平山城といっても、本丸に至る階段もわずか五十段ほどしかない。それでも搦手門《からめてもん》を抜けて、振り返ると海原が広がっていて、遥か遠くに佐渡島が霞《かす》んで見え

た。

文明《ぶんめい》年間に、能登畠山氏の畠山義智《よしとも》によって築かれた城である。畠山義智とは、七《なな》尾《お》城主三代目の畠山義統《よしむね》の三男である。畠山義統は、室町幕府の相伴衆《しょうばんしゅう》であり、守護大名という名門中の名門だ。その子が独立したため、松波畠山氏と呼ばれることもあった。

戦国の世、七尾城は、上杉謙信《けんしん》が攻め落とすのに一年かかった難攻不落の城として知られていた。それゆえ上杉側は、能登畠山家の家臣七人衆のひとり、遊佐続光《ゆさつぐみつ》を籠絡して裏切らせ、なんとか城を明け渡させたほどだった。

その七尾城と比べて、如何にも頼りなげだが、険しい半島の先端に位置し、荒海の日本海に囲まれているため、自然の堅牢な城郭に守られているようなものだった。

江戸幕府支配下では、譜代《ふだい》大名や外様《とざま》大名が入れ替わり入封《にゅうほう》していたが、元禄《げんろく》年間からは、秋月家が領主となっている。当代藩主が、鷹太郎の父である秋月能登守直亮である。

本丸御殿に招かれた右京は、登城の前に、丹波の屋敷にて家臣の着物と裃《かみしも》に着替えていた。見違えるほどの偉丈夫《いじょうふ》で、立派な姿となった右京を、丹波は溜息をついて見ていた。

「拙者、もちろん大河内讃岐守様の名は存じ上げておりますが、かような優れたご子息が引き継いでおられたとは、驚きです」

「いや、とんでもない。相変わらず父上には、〝ひょうたん息子〟と言われております。風に吹かれて、ぶらぶらとしてますからな」

「そのようなこと……」

「いや。正直言って、江戸の屋敷にいると逆に疲れるのです。妻子はおりますが、ふたりとも父上と結託《けったく》してますからな、俺だけがいつも弾《はじ》かれ者です。ですから、こうして諸国に旅に出ていた方が気楽で……あ、いや、殿様に会うのが気楽だとは言うてませんよ」

言い訳じみたことを述べる右京だが、その人を緊張させない人柄も、丹波は気に入ったようで、嬉しそうに頷いた。

「あなた様なら、菊丸君……いえ、鷹太郎様とも気が合いそうで何よりです」

鷹太郎のことは、藩主に会う前に、すべて丹波から改めて聞いている。その奇異な運命に、右京は感嘆すらしていた。鷹太郎本人が商人の才覚を生かして、藩政を立て直すという意気込みを、右京は買っていた。

本丸御殿から奥向きに繋がる途中に、藩主が日頃暮らす御座《ござ》の間がある。

江戸城内を歩き慣れている右京にとっては、窮屈《きゅうくつ》とも思えるくらいの屋敷にしか感じなかった。それでも、藩主の性分《しょうぶん》が充分《じゅうぶん》に分かる様子である。数々の城を巡ってきた右京から見ても、禅寺のように綺麗《きれい》に清められた廊下や庭で、かなりの潔癖症と感じた。

右京の〝作戦〟として、秋月能登守に鷹太郎を会わせる前に、自分が人物を確かめたいと丹波に申し出た。主君を値踏みすることなど、家臣なら嫌がるはずだが、

「どうぞ、どうぞ。殿は何処に出しても恥ずかしくない高徳な御仁。その目で、お確かめ下さいまし」

と言って喜んで賛成した。ただ、病臥《びょうが》にある体だから、どのくらい要望に応《こた》えられるかという心配はあるようだった。

御座の間の下部屋にて待っていると、上段の間に、秋月能登守が現れた。

重い病のはずだが、きちんと身なりを整え、〝鷹の丸〟の紋付き羽織を着て、おもむろに上座に腰を下《お》ろした。小姓も連れず、ひとりで現れた。脇息《きょうそく》に肘を乗せることもなく、背筋を伸ばして凜と座した。面差《おもざ》しは優しく、たしかに鷹太郎と似ており、歌舞伎役者のように見える。

深々と頭を下げて待っていた右京の傍らには、丹波が座っている。

「上様。突然の来訪にお応え戴き、恐縮至極《きょうしゅくしごく》でございます。ご病状は、如何でございましょうや。いつも心配しております」

　丹波が丁寧に申し上げると、秋月能登守は小さく頷いて、

「今日は少し調子がよい」

　と嗄《か》れ気味の声で答えた。そして、すぐに右京を見て、

「公務とはいえ、江戸からの気の遠くなるような長旅、ご苦労様でした。かような僻地まで足を運んで下さり、有り難く存じます」

　と殿様らしくない穏やかで丁寧な言葉遣いで言った。病弱になっているからではなく、本来の人柄のようだった。

　丹波はまだ、菊丸君のことは伝えていない。もちろん、その存在すら話していない。話せば直ちに連れ戻し、身近に置くに違いない。そうなれば、風間一派の思う壺である。しかるべき時まで、菊丸君の身を守るのが、家老としての立場だと思っていた。

　それゆえ、丹波は何度か風間を排除しようとしたが、敵の方が上手《うわて》で着々と自分の地位を上げてきた。それは密貿易によって、私財が豊富だったからである。金にモノを言わせて、外濠《そとぼり》を固めてきたのだ。

　そのことも、丹波は正直に右京に伝えてある。

「温かいお言葉痛み入ります。病を押しての歓待、却《かえ》って申し訳なく存じます」

右京は藩主の目をじっと見て、直截《ちょくせつ》に用件を述べた。

「まずは和やかに雑談といきたいところですが……お体のこともありましょうから、肝心なことからお伝え致します」

「なんなりと」

「実は、老中や若年寄ら幕府重職らの間で、前々より、国禁である抜け荷をしている藩を調べておりました。南は薩摩琉球《さつまりゅうきゅう》から、北は松前まで……そんな中で、北前船による密貿易が指摘されました」

「密貿易……」

「ここ日本海……北前には近年、オロシアや清国《しんこく》を始め、遠くメリケンからも商船や軍船が押し寄せてきており、正式に長崎を経《へ》ずして商取引をしている者がいるとの、公儀隠密の報せもあります」

さらに詳細に説明を重ねてから、

「そこで浮かび上がったのが、貴藩……能登松波藩でございます」

「なんと我が藩が……」

秋月能登守は驚きを隠せなかったが、「さもありなむ」という表情になった。古来、北前船が風待ちや潮待ちする湊があることは、百も承知している。そのお陰で、かつては陸の孤島どころか、江戸や大坂を彷彿とさせるほどの繁華《はんか》な土地柄だった。半島の先端というのが、逆に地の利が良かったのである。古来、日本列島の輸送といえば船に頼っていた。海や川を利用できる要所には、人や物資が集まる。

ここ松波藩は、〝三津七湊《さんしんしちそう》〟と呼ばれた津軽十三《とさ》、秋田出羽《あきたでわ》、越後直江津《なおえつ》、越中岩《いわ》瀬《せ》、加賀本吉《もとよし》、越前三国《みくに》という大きな湊と日本海によって直に通じている。若狭湾から琵琶湖《びわこ》を経て京へ向かう街道、さらには長門を巡って瀬戸内海に至る海路の中継地である。

しかも、穏やかな富山湾に面していて、越中、越後の国々や佐渡島と繋がる利便性もある。田畑は少ないが、漁労が盛んで、海産物を運ぶ船は必ずといっていいほど通るし、城下では他国の特産物などの市を開いていたほどの盛況ぶりだった。

それが戦国の世以前からの風景である。だが、江戸幕府による〝鎖国政策〟によって一転した。今でも北前船は立ち寄ることがあるが、数えるくらいである。風待ちにしても、西能登の福浦の方が何かと都合が良いのであろう。それゆえ、松波藩に湊から入ってくる富はガックリと減っている。

「我が藩が抜け荷に関わっているというのですか……」

「何もご存じないので？」

「………」

「もし承知の上で、黙認《もくにん》しているのであれば、藩主のあなた様も同罪になります」

右京は厳しい言い方をしたが、秋月能登守は受け容《い》れていた。

「大河内殿は、城代家老の風間官兵衛のことを申しておるのでしょうかな」

「ご存じなのですか」

「噂には聞いておるが、実体は……」

「曖昧《あいまい》でございますな。しかし、私も越前から能登を歩いて色々と調べて参りましたが、藩主のあなたが率先してやった形跡はありませぬ。もし、密貿易で利益を得ているなら、申し訳ないが、城下町がかように廃《すた》っているはずはない……この際、ハッキリと申し上げておきます」

毅然《きぜん》とした顔になって、右京は藩主を凝視《ぎょうし》した。

「抜け荷を働いているのは、この藩の城代家老・風間官兵衛である疑いがあります。しかも、恥ずかしながら我が越前の所領地である葛野の頭、稲葉平之進という者も、風間と手を組んでいる節がある」

「なんと……」

「つまり、この能登を含む越前のあちこちは、少なからず抜け荷と関わっていると考えてもよさそうだと、判断しております」

「…………」

「ご存じのとおり国禁を犯せば、藩は改易、御家は取り潰しになります。たとえ家臣が為《な》したことで藩主が知らぬことでも、その責務はあります。私とて同じ。稲葉を処分した後、幕府の裁可を仰ぎますが、大河内家を廃する覚悟でございます」

　堂々と言ってのけた右京の態度に、秋月能登守は感銘を受けたように聞いていた。傍らで黙ったまま、丹波は見ている。

「能登守様……この際、潔《いさぎよ》く藩主から退《しりぞ》き、ご子息に譲られては如何でしょうか」

「えっ……」

　不思議そうに秋月能登守は、右京の顔をまじまじと見やった。

「さすれば、藩と秋月家を存続させた上で、家老を処分した後《のち》、善処を図ります」

「いや……我が息子は遠い昔……」

「それが無事息災でおられます。実は……さあ、丹波殿……」

　右京が振り向いて頷くと、丹波はそれを受けて、次の間に控えさせていた鷹太郎を呼んだ。羽織袴姿の鷹太郎が、ゆっくりと能役者のように下段の間に現れた。

さすがに少し緊張しているようだが、その面差しや歩き方を見て、

——自分に似ている……。

とすぐに、秋月能登守は思った。だが、驚いて凝視しているだけである。

「お久しゅうございます。鷹狩りの折、お父上が可愛がっていた大鷹が、我が命を救ってくれました。丹波様から話を聞いたときには、とても信じられないことでしたが、思い切って訪ねてきて良かったです。ご尊顔を拝することができ、感無量でございます」

丁寧に挨拶をした鷹太郎に対して、秋月能登守の方が狼狽《ろうばい》したように、腰を浮かせかけた。もちろん、まだ状況を受け止めることができない。丹波はこれまでのことを、じっくりと話して聞かせた。

「まことか、右膳……本当に、この者が、菊丸なのか……」

「はい。背中の北斗七星もご覧になられませ……殿が大好きな陶器の鈴の音も耳に残っておられるそうで、懐かしく聞いておられました」

丹波は深々と手をついて、

「長年、黙っていて申し訳ありませんでした。その間、殿にはご心痛をおかけしておりました。ですが、これは偏《ひとえ》に……」

「分かっておる。分かっておる……」

秋月能登守は丹波の深い気遣いに納得しているかのように頷いて、おもむろに鷹太郎の側に寄って、愛《いと》おしそうにその顔や姿をじっくりと眺めた。そして、手を取って、

「我が子か……こういう日が来るとは思わなんだが、おまえのことはよく夢に見ていた。会いたかった……会いたかったぞよ」

病がちなのもあって、秋月能登守は涙ながらに、息子の顔をしみじみと見つめた。お互いの来し方を確かめ合うような父子の姿に、丹波も図らずも嗚咽《おえつ》しながら、

「そっくりでございます……やはり血は争えませぬな……」

と溢れ出てくる涙を拭いもせず、しっかりとふたりの再会を目に焼きつけていた。

その時――。

傍若無人《ぼうじゃくぶじん》な態度で入ってきたのは、風間官兵衛であった。

「とんだ父子の対面ですな。殿……騙《だま》されてはなりませぬぞ。そやつは偽者です」

風間は扇子《せんす》で、鷹太郎のことを指した。

「そして、その大目付とやらも」

「無礼者。ここは余の部屋だ。勝手に入ってくるとは、断じて許さぬぞ」

毅然と秋月能登守は言い返したが、風間はすぐに座って手を突き、

「殿の身の上に危難が及ぶと懸念《けねん》し、火急に罷《まか》り出《い》でました。丹波右膳は忠実な家臣の振りをして、とんでもないことを考えている輩でございますぞ」

「黙れ……」

「いいえ、逆命利君《ぎゃくめいりくん》の譬えもあります。殿をお救いするために、無礼を承知で申し上げます」

「………」

「丹波殿。加賀や能登は能が盛んとはいえ、これはなんの茶番ですかな。村の歌舞伎でももう少しマシな芝居をしますぞ」

からかうように言って、風間は丹波を睨み据えた。

「黙らっしゃい。おまえは、佐渡の誰かと組んで抜け荷をしまくり、バレそうになるや、殿のせいにしようとしていたではないか。一度は、免罪符を出してやったが、今でも裏でこそこそやっておる。断じて、許すことはできぬ」

「証拠があるのですかな」

「そ、それは……」

「お年を召されて、思い込みが激しくなったのではありませぬか、丹波殿。すっかり鼻も利かなくなりましたかな」

「うるさい！」

「聞き捨てなりませぬな。仮にも、私は城代家老でござる。この御城を守る立場でござる。かような素性《すじょう》の分からぬ者たちを、勝手に城内に連れ込んで、猿芝居を仕組み、殿を籠絡しようとする謀略、断じて見逃すわけにはいかぬッ」

　風間が裁断するかのように言うと、右京がおもむろに立ち上がった。

「おぬしが風間官兵衛か……遣《や》り手《て》の家老がおると、江戸表にも聞こえておるぞ」

「それは名誉なことで」

「先刻も、おぬしの手の者に狙われた。使っている手裏剣や太刀筋から見て、明らかに伊賀者だったが」

　聞き飛ばして、風間は睨み返した。

「おまえこそ誰だ……我が藩に忍び込んできた怪しい奴を捕らえるのは、家老として当然の務めである」

「この丹波殿と若君も狙われたが？」

「偽者の若君を殿に会わせようとしたこと自体が怪しい……おまえも何処の誰なのだ。大目付というのは通用せぬぞ。おまえは、大河内家の御料地の役人たちに追われて、逃げていたではないか。悪いことをしていないのならば、逃げることはあるまいに」

風間が廊下に控えている家来を促《うなが》すと、誘《いざな》われて出てきたのは、稲葉だった。甲冑武士に右京を襲わせるよう命じた当人だ。

その厳めしい稲葉の顔を睨みつけて、右京は言った。

「やはり、おまえたちはグルだったか」

「稲葉殿……この者は、まこと公儀大目付ですかな」

「知りませぬ。見たこともない。我が主君、大河内右京様ならば、今も越前の御料地内の陣屋におられます」

「出鱈目を言うな」

右京が踏み出そうとすると、数十人の家臣たちが乗り込んできた。

「!?――何をする気だ」

「動くでない」

風間はさりげなく、秋月能登守を右京たちから引き離して、

「こやつは丹波と結託して殿を亡き者にしようと、偽の若君を連れてきた、偽の大目付だ。引っ捕らえて牢にぶち込んでおけッ」

「おのれ……」

登城の際、刀は本丸玄関に預けてある。脇差しはあるものの、すぐさま右京が身構

えると、風間は藩主を守るふりをしながら、

——いつでも殺せる。

とばかりの目つきで牽制《けんせい》した。

「丹波右膳。あなたの野望も、これにて潰《つい》えたり！」

藩主を人質に取られたに等しい丹波も、身動きひとつできなかった。鷹太郎も驚いて見ていたが、押し寄せた家臣たちに組み伏せられてしまった。

右京もまた家臣たちに刀を突きつけられ、言いなりになるしかなかった。

「ふはは……愚か者めらが。目にもの見せてやるから、覚悟しておけ。ふははは！」

勝ち誇ったような風間の笑い声は、城中に響き渡っていた。

その声に被さるように、一陣の風が吹くと、縁側の軒下にズラリと並ぶ陶器の鈴が、からんころんと鳴った。

第二話　怨霊党見参

一

江戸は番町《ばんちょう》の大河内《おおこうち》屋敷内では、中庭の枯れ山水をすっかり取り除き、相撲の土俵と弓道場に作り替えていた。

三千石《ごく》の大身《たいしん》旗本ともなれば、拝領屋敷は千五百坪以上あり、家臣は侍や槍持《やりも》ちなどを入れて五、六十人程抱《かか》えている。〝旗本八万騎〟とはいうものの、実際は五千人程であり、御家人《ごけにん》を入れても二万数千人だ。それでも家臣を含めると八万人になるから、あながち嘘ではない。

だが、奉行職や大目付《おおめつけ》など幕府重職を担《にな》える三千石以上の旗本となると、わずか百二十人程しかいない。老中や若年寄は譜代《ふだい》大名から選ばれるが、将軍直属の家臣である旗本の権威はかなり高く、大目付は老中や若年寄を監視する役目もある。

それゆえ、幼い頃から、君主は将軍ただひとりと教育され、自分の家よりも徳川《とくがわ》家を大事にして、命を捧《ささ》げるよう叩き込まれる。将軍あっての旗本だからである。

しかも、大河内家のように三河《みかわ》譜代の旗本は将軍からの信任も厚く、逆に将軍に意見できる立場でもある。将軍が必ずしも英明とは限らない。だが、他家から誰かを将軍に据えることはできない。そのため、将軍を支える旗本の子弟は、生まれたときから徳川家を持ち上げる宿命にあったのだ。

御輿《みこし》として持ち上げるというのは、必ずしも悪い言葉ではない。それに相応《ふさわ》しい者を陰ながら担《かつ》ぐことである。その旗本がしっかりしておらねば、将軍家が倒れる。

よって、いずれ大河内家の九代目となる徳馬《とくま》も、将軍を支えるに相応しい文武両道の教育が施《ほどこ》されていた。そのためなら、祖父の政盛《まさもり》は何でもするという覚悟で、自宅の中に武芸所を作ったのである。

敷地内には剣術の道場としている部屋はあるが、弓道場は場所を取る。矢を放つ射手と的場の間の中庭にある〝矢道〟は、がらんとしていて勿体《もったい》ないので、的場の土盛りをするついでに、土俵を作ったのだ。

その土俵では、毎日のように、元勧進《かんじん》相撲力士の中間《ちゅうげん》・佐渡吉《さどきち》が、徳馬に稽古をつけている。それゆえ、七歳ながら、足腰はかなり強くなっていた。

政盛の孫に対する溺愛《できあい》ぶりは、将軍にも知られていたほどだ。自分の趣味でもあった松の木や盆栽などをすべて撤去してでも、まだ七歳の孫のためだけの武道場を作ったのだから、中途半端ではない。

――ビシッ。

的に矢が命中した。真ん中からは外《はず》れていたが、「お見事！」と声が上がった。居並ぶ家臣や佐渡吉ら中間による、まるでヨイショするような掛け声である。

徳馬が射《い》た矢がまだ揺れているうちに、家臣が取りに行って外し、また作法に則《のっと》って構える。古《いにしえ》より矢を射るのは、足踏みや胴造り、弓構え、打起《うちお》こしなど〝射法七節〟というものがあり、それに残心《ざんしん》を加えて、政盛は教えていた。

神事でもある弓道は、剣術に増して精神の集中が必要である。姿勢が悪く、しっかりと安定しておらねば、的に当たることはない。ほんのわずかな手元のズレで、十五間程先の的に届くまでに、あさっての方に飛んでしまう。

――シュッ。

再び射た矢は、わずかに中心を外してしまった。その瞬間、徳馬はムッとなって、すぐに脇に目を逸《そ》らした。

「それはならぬぞ。的を外したということは、敵から反撃が来るということだ。にもかかわらず、おまえは目を離した。一瞬の隙《すき》に、おまえの方が射られているかもしれぬ」

「…………」

「だから、残心は大切なのだ。相手を仕留めたとしても、反撃して来ぬかを見極《みきわ》めねばならぬのだ。よいな」

「はい……と言いたいのですが、これは鍛錬《たんれん》ですから、敵に攻撃されないかと」

疲れてきたのか、徳馬は少し反抗的な態度になった。だが、政盛は叱りつけるのではなく、淡々と教えた。

「稽古をしておらぬと、本番のときに、その癖が出てしまって、やられることになる。おまえは箸《はし》を使うときに、あれこれ考えて食べ物を摑《つか》んだり突《つ》いたりするか？　自然に行っているであろう。剣術や弓矢も同じだ。自分の体に染み込ませるには、一点の手抜かりもしてはならぬのだぞ」

「――はい」

「おまえはまだ小さいから、重心を安定させる胴造りは難しいかもしれぬが、背丈《せたけ》の半分ほどの幅で立ち、丹田《たんでん》と尻に力を込めて、こうやって上体を真《ま》っ直《す》ぐさせる」

政盛は徳馬の体に手を添えながら、丁寧《ていねい》に教えた。勘のいい徳馬は、すぐにそれらしい姿勢になって、自然体で踏ん張った。

「おい。佐渡吉、見てやれ」

大柄な中間に政盛が声をかけると、すぐに佐渡吉は徳馬の背後に立って、足や腰を太い腕で支えてやり、適宜《てきぎ》、姿勢を正してやった。それを見て、政盛は満足そうに頷《うなず》いて、

「かようにすれば、後ろから腰を押されても、動くまい。どうじゃ」

「はい。分かります」

「これで、弦を掴む取懸《とりか》け、左手で弓を握り直す手の内、顔を的に向ける物見《ものみ》が恙《つつが》なくできるはずだ。姿勢が安定しておらぬと、矢で手を傷めたり、放ったとき弦が顔に当たって怪我《けが》をすることもある」

そして打起こしをしてから、徳馬が矢を放つと、今度は見事にど真ん中に適中した。

「お見事！」

また家臣たちから声が起こった。だが、徳馬は残心をして、しばらく的の方を睨《にら》み据えてから、大きく息を吸った。後ろの本座に一旦、戻ろうとしたときである。

「殿！　殿！」

弓道場を見渡せる渡り廊下を、家臣の小松《こまつ》が駆けてきた。

「なんだ、騒々しい。神聖な場所に埃《ほこり》を立てるでない。ああ、腹が立つ」

孫に対するのとはまったく違う、昔の〝かみなり〟らしい声で、政盛は振り向いた。

小松の方も慣れているのか、気にする様子もなく廊下の一角に跪《ひざまず》いて、

「一大事にございます。佐渡《さど》奉行……佐渡奉行の堀田采女《ほったうねめ》が、怨霊党《おんりょうとう》一味の攻撃を受けて、憤死《ふんし》したそうでございます」

「なに……堀田が……」

政盛は軽い眩惑を覚えた。もう何年も会っていないが、堀田采女を代官から引き抜いて、佐渡奉行に推挙《すいきょ》したのは、政盛である。佐渡奉行は、かの金山《きんざん》奉行・大久保長安《おおくぼながやす》を始めとして、代々、有能な旗本が赴任した。遠国《おんごく》奉行の中でも、長崎や京都、大坂、伊勢山田《いせやまだ》などよりも重要な役所だった。

「――まことか、それは……」

「越後出雲崎《えちごいずもざき》代官より早馬が来たとか。江戸城中はもう大騒ぎだそうです。このままでは幕府の威信にも関わると、軍勢を送る算段までしていると聞きました。いずれ、殿にも幕閣から相談に来るかと思います」

隠居はしているものの、未《いま》だに大きな事件があったときは、〝ご意見番〟として、

江戸城に呼び出されることがあった。しかも、自分が目をかけていた佐渡奉行が、たかが盗賊集団に殺されたことに、政盛は憤慨《ふんがい》した。

いや……ただの盗賊集団とは言えない。

怨霊党と名乗る一団は、越後や越中《えっちゅう》、越前《えちぜん》などの天領の代官所ばかりを狙っている集団であった。それゆえ、此度《こたび》、大河内右京《うきょう》も出向いたのだが、血も涙もない残忍極《きわ》まりない連中という噂だった。

佐渡奉行は、佐渡島の金山のみならず、越後一帯の天領をも統括する重要な役職で、大目付のような権限もある。そして、日本海で密《ひそ》かに行われている密貿易の監視も担っていた。

「盗賊一味が、佐渡島まで渡っていたということにも驚きましたが、出雲崎からの使者の話では、金山に視察に出向いていたところ、突然、襲われ、胸に矢を受けて、そのまま崖から転落して亡くなられたとか」

政盛は一瞬、的に突き立ったままの、徳馬が射た矢を見た。

徳馬も吃驚《びっくり》した顔で、大人たちの話を聞いていた。いずれは大河内家を継ぎ、大目付になる身だから、政盛は子供だからといって、耳を塞《ふさ》がせることはしなかった。

「たしかなのか、小松……」

「直《ただ》ちに代官所の手代や手付らが調べたところ、渓流の岩場に挟《はさ》まれるような遺体を見つけたそうです。亡骸《なきがら》は、代官所の者たちが丁重《ていちょう》に葬《ほうむ》ったとのことですが……」

「が……なんだ」

「腑《ふ》に落ちないこともあるとか。私には詳細は分かりませぬが」

「ふむ……それは、いつのことだ」

「もう数日前のことになります。佐渡へ行かれているかどうかは分かりませぬが、抜け荷探索にそちらの方に向かわれた右京様のことも心配でございます」

「――右京は関わっておらぬであろう。もし事件を知っているなら、鵜飼孫六《うかいまごろく》の手の者がいち早く報《しら》せに来るであろう」

「でございまするな」

報せを受けている間に、老中・小早川《こばやかわ》侍従《じじゅう》の使いが来て、すぐに登城せよとのことだった。将軍ですら一目置いている大河内家抜きに対策は立てられぬのであろう。ましてや佐渡奉行の堀田は、政盛のお墨付きゆえ、その配慮もあるのかもしれぬ。

半刻後《はんときご》には――政盛は裃《かみしも》姿で、幕閣たちが集まっている江戸城の黒書院に来ていた。

すでに侃々諤々《かんかんがくがく》と意見が飛び交《か》っていたが、一番の問題は直ちに幕府の軍勢を送るかどうかということだった。

たしかに、これまでも天領の代官所を狙って攻撃され、此度は佐渡奉行が殺されるという最悪の事態になったのだ。容赦《ようしゃ》せぬというのが、大方の意見だった。だが、意外なことに、政盛は反対であった。

「何故《なぜ》だ、大河内。おまえが目をかけていた堀田采女が殺されたのだぞ」

老中の小早川侍従は、今にも噴火しそうな真っ赤な顔で訴えた。如何《いか》にも有能な官吏《かんり》という風貌であるが、かなり強い意志のある言動で気迫《きはく》に満ちていた。

「直ちに軍を送り込み、怨霊党などというふざけた無頼の輩《やから》を、根こそぎ征伐《せいばつ》するのが、ご公儀の取るべき道ではないのか」

「いや、しかし、いたずらに事を荒立てるのは如何《いかが》なものでしょうか」

「これは異な事……大河内なら、真っ先に成敗《せいばい》せよと立ち上がると思うていたが、隠居して気が弱くなったか。此度、襲われたのは代官どころではない。佐渡奉行だ。佐渡奉行が無惨《むざん》にも殺されたのだぞ。話して分かる相手ではないッ」

「だからこそ、軽挙妄動《けいきょもうどう》は控えるべきかと思いますぞ」

「何を申す……堀田采女は貴殿もよく知っているはず。しかも、私の直属の部下だ。怨霊党のことを調べよと命じたのも私……惜《お》しい人材をなくしたこの無念、晴らすのが上役《うわやく》の務め！　違うか」

「……………」

「私憤で申しているのではないッ。断じて凶悪な賊を捨て置いてはならぬ。そのために公儀軍を！」

悔《くや》しそうに拳《こぶし》を握りしめる小早川を、政盛は諭《さと》すように言った。

「私も同じ気持ちです。ここが正念場であることも承知しております。されど……武力をもってしては敵の思う壺。佐渡島から産出する金銀は、公儀の命水も同然。だからこそ、慎重《しんちょう》に慎重を重《かさ》ねねばなりますまい」

「なにを弱気なッ。このままでは、公儀の面目《めんぼく》が立たぬ！」

「面目よりも人々の命が大切ではありませぬか、小早川様。戦《いくさ》になれば、必ずや関わりなき民《たみ》百姓が苦しみますぞ」

「この期に及んで、綺麗事《きれいごと》を言うつもりか」

「――落ち着いて下され、ご老中……今、私の倅《せがれ》も、越前から能登に出向いております。抜け荷のことでです。恐らく佐渡島にも渡ることでしょう」

政盛がそう言うと、小早川はなぜか鋭い目つきになって、

「なに、佐渡へ……だと」

「抜け荷探索のことは、この場でも話されたことではありませぬか。北前船《きたまえぶね》が関わっている節《ふし》もありますゆえ。何か不都合でも？」

「誰もそのようなことを言うておらぬ。佐渡奉行の殺害と、抜け荷とは別の話だ」

小早川が苛立《いらだ》ったように言うと、様子を窺《うかが》っていた若年寄の内藤大和守《ないとうやまとのかみ》が心配そうに声を挟んだ。穏《おだ》やかな風貌で、政盛に全幅の信頼を置いているようだった。

「大河内様。何か気になることでも、おありになるのですか」

尋《たず》ねる内藤に、政盛は眉を顰《ひそ》めて頷いた。

「怨霊党なる一味が、代官所ばかり襲っているのがどうもな……近くの越後高田《たかだ》藩、村上《むらかみ》藩、新発田《しばた》藩、長岡《ながおか》藩などの藩領には犠牲が出ておらぬ。ということは……」

「まさか公儀に恨みがあるとでも……」

「ただの盗っ人集団ならば、金がある商人を狙えばよい……もし公儀に恨みがあるとすれば、天領の佐渡金山が直に襲われるかもしれませぬな。代官所襲撃はその前触れのつもりではありませぬかな」

「なんと！　もし、さような事があれば……」

内藤が息を呑むと、他の幕閣も同様に身を強張《こわば》らせたが、政盛は憂《うれ》いを込めて、

「佐渡金山が狙われるようなことがあれば、死人がもっと出るだろうな」

と呟《つぶや》くように言った。

「たしかに……佐渡には公儀から隠密も送っているはずだが、いずれも音沙汰がない……やはり我々が想像を絶する何かが……」

起こっているのかと内藤が疑念を抱《いだ》くと、小早川も苦々しい表情になっていた。その顔を見つめ返して、

「怨霊党の正体は何か。本当の狙いは何処《どこ》にあるのか、それを探り出すのが先だと思いますが、ご一同の考えや如何に」

と政盛は言った。

いつの間にか主導権を握ったような政盛の態度に、小早川は憎々しげに睨みつけたものの、それ以上の反論はしなかった。ただ、一同に深い溜息《ためいき》だけが洩《も》れた。

二

能登松波《まつなみ》藩の城には、怨霊党なる一味が佐渡奉行を殺したという報は届いていなかった。天領内のことであり、〝箝口令《かんこうれい》〟が敷《し》かれていたのかもしれない。

城代家老の風間官兵衛《かざまかんべえ》は、藩主の秋月能登守《あきづきのとのかみ》とふたりだけで会って、

——藩主の地位を我が息子の義之介《よしのすけ》に譲って欲しい。

と直談判《じかだんぱん》していた。

むろん、秋月能登守がそのようなことを了承するはずがない。ましてや、菊丸《きくまる》が生きていたとなれば、ますます強く拒《こば》み続けた。

「殿は何か勘違いをなされております。丹波《たんば》殿が連れてきた鷹太郎《たかたろう》なる者が菊丸君だなどと、本気で信じておられるのですか」

「信じている。いや、信じたい……」

風間に睨まれると、秋月能登守も少し気が弱くなる。家臣たちのほとんどが、風間に付き従っているからだ。

秋月能登守は藩主とはいえ、病身であるため御輿に過ぎない。藩政を執行しているのは、今や風間である。家臣たちの出世や俸禄《ほうろく》も、風間の考え次第である。だから、誰も逆らうことができないのだ。

「私は殿の御身を考えて申し上げているのです。病床にあって、お心も弱くなっておられます。そこに、丹波殿は付け込んで、また家老に返り咲きたいと思っているのでしょう」

「いや、右膳《うぜん》に限って、さようなことは……」

「殿にとって、父上にも等しい存在であることは私も承知しております。しかし、かような乱暴な話がありましょうや。よくお考え下さいませ。もう数年も前に菊丸君の居所を見つけていたのならば、何故、殿に話さなかったのでしょう。わざわざ今まで黙っている必要はないではありませぬか」

「それは、おまえが……」

「私が何でございましょうか」

「いや、何でもない。ただ……右膳には右膳の考えがあってのことであろう。しかし、余がこのような体《てい》たらくになって……」

「その弱みに付け込んで、素性《すじょう》の分からぬ輩を殿の跡継ぎにしようなどと、ふざけるにもほどがあります」

　風間が決めつけて言うと、秋月能登守はわずかに忌《い》まわしげな顔になって、

「おまえも同じことを、前々から言うておるではないか」

「私の息子は出自も素性もハッキリしております。秋月家の養子にして欲しいとは言うておりませぬ。あくまでも藩主の交替でございます。むろん、藩主が勝手に決めることはできず、ご公儀のお許しは必要ではありますが、殿が、『風間義之介を次期藩主としたい』と公儀に言上《ごんじょう》すれば済む話です」

「…………」

「我が風間家は、足利《あしかが》家の守護、畠山《はたけやま》家から分かれた能登畠山家の家系です。土地を持たぬ戦国大名として、風間を名乗りましたが、私は能登畠山家から、松波畠山家を起こした畠山義智《よしとも》の直系ですぞ。ご存じのとおり、戦国の名将・畠山義統《よしむね》や義就《よしひろ》を祖先とする名門。失礼ながら、新興の秋月家とは格が違いまする」

風間が無礼なことを言っても、秋月能登守は反論ひとつしなかった。それは事実だと認めているからだ。

「元々、この城も我が祖先が築いたものですが、家康《いえやす》公に疎《うと》まれて手放すことになりました。その後は色々な大名が治めたり、天領になったりしてきました。しかし、この地を栄《さか》えさせ、義統様が京風の文化を持ち込み、人々の暮らしを良くしました。すべて、我が祖先たちの業績ではありませぬか。義智様以来、義成様、義遠様、常重様、義龍様、義親様……代々、常陸守《ひたちのかみ》を名乗り、いずれも文武両道に秀《ひい》でており、北前船なども使うて、富を築きました。その遺産を秋山家が食い潰したようなものです。違いますか」

一気呵成《いっきかせい》に喋《しゃべ》った風間は、決断を強い口調で迫《せま》った。その威圧《いあつ》に、秋月能登守はすっかり打ちひしがれており、ますます引き下がるような態度になって咳《せき》を洩らした。

「如何――！」

「おまえの言い分は分かった……わ、分かったが……しばらく考えさせてくれ。一晩でいい……頼む。武士の情けだ……」

情けない顔になる秋月能登守に、風間は冷徹な顔のままで、

「武士の情けとまで言われれば、明日までお待ち致しましょう。その前に、私の息子からもご挨拶をさせておきとうございます。先祖の名にあやかって、藩主になった暁には、義之介から、義弘《よしひろ》に改名したいと存じます」

一方的に言って、廊下に向かって声をかけると、家臣数人に連れられて、義之介が入ってきた。元服前にしては、しっかりとした顔つきで、動きも大人びている。幼い頃から、風間に仕込まれて、言いなりになることに疑問のひとつも浮かばぬのであろう。隙のない動きだった。

ところが、深々と頭を下げた義之介が、

「お殿様のご尊顔を拝することができ、ありがたく思います。お病の身であられると聞いておりましたが、これからも無事息災であられることを祈っております……」

と型通りに言いかけて、少し顔を上げたとき、中庭に繋《つな》がる縁側や廊下を見て、

「アッ」と声を洩らした。

何事かと思って、秋月能登守と風間も中庭の方に目を向けた。

すると、義之介はおもむろに立ち上がり、縁側の方に歩いていった。

「何をしておる、義之介……」

声をかけた風間を見向きもせず、一目散に縁側に出た義之介は、そこにずらりと並んでいる壺や大皿、茶器、花瓶、酒器、置物などの陶器に触れながら、

「これは、珠洲古陶《すずことう》でございますよね」

と訊《き》いた。

「そんなのはいいから、こっちへ来い。きちんと挨拶をせぬか」

風間は言ったが、義之介は愛《いと》おしそうに陶器を撫《な》でながら、目を輝かせて眺《なが》め、無数に並んでいるのを溜息をついて見廻した。

「おい、義之介。さようなもの珍しくもあるまい。うちにもあるではないか」

「でも、こんなにはありませんし、これほど艶々《つやつや》して力強く輝いているのも、初めて見たような気がします……うわあ、凄《すご》いなあ。これは壮観だなあ」

それまでの威儀《いぎ》を正した態度が一変して、まるで子供のようにはしゃいで、心が浮き浮きしているのが分かる。

「義之介は、珠洲焼きが好きなのか」

今度は、秋月能登守が不思議そうに声をかけて、縁側へ出て行った。

「小さい頃、初めて蔵の中で見て、綺麗だなあと思ったのです」

「蔵の中……？」

「お父上に折檻《せっかん》されて、よく閉じこめられておりました」

素直な義之介の言い草は、父親を恨んでいるというのではなく、ただそういう事実があったことを伝えただけだ。

「三つか四つだったと思いますが、薄暗い中で見たとき、この壺なんかも黒い色なのに、艶々と光っていて、なんだか不思議な気持ちになりました。そして手でさわると、吸い付くような感じがして、しかも人の肌のようにぬくもりがあったんです」

「――錯覚《さっかく》だろう」

風間はにべもなく言ったが、すぐに義之介は首を振って、

「いいえ。本当に温かかったんです。ですから、あの雪の日でも、蔵の中は妙に暖かく、私は一晩中、壺を抱きしめておりました」

と言った。

秋月能登守は風間を振り返って、

「そんな酷《ひど》いことをしていたのか、おまえは……」

「いえ。躾《しつけ》のひとつでございます」

「能登の冬の寒さは厳しい。一歩間違えば凍え死ぬ。だが、義之介が言うとおり、珠洲焼き……特に古陶にはなぜか温《ぬく》もりがあり、側《そば》に置いているだけで、大袈裟《おおげさ》だが、まるで火鉢があるような気さえする」

そう言いながら近づいて来る秋月能登守の顔を見上げて、義之介は何度も頷いた。

「おっしゃるとおりでございます。私はそれが不思議でたまらず、鈴ヶ嶺《すずがみね》の麓《ふもと》で細々と営んでいる窯元を訪ねて、陶器作りを見せて貰《もら》ったことがあります」

「ほう。なかなかの趣味人だな」

「もちろん作らせても貰いました。初めての折、職人の権兵衛《ごんべえ》爺《じい》さんに、なかなか筋があると誉《ほ》めて貰いました」

義之介は実に楽しそうに、身振り手振りを交えて話した。

「自分が思うような形や色合いは、なかなか出来ませぬが、炭の火の力やその日の湿気、煙の流れなどで出来映《できば》えが変わる。それも山の神の思《おぼ》し召しだとかで、人智を超えたものになるとか」

「なるほど。さすが名工は、面白いことを言うのう」

秋月能登守が妙に感心して聞いていると、義之介が問いかけた。

「かようにずらりと並べてあるのは、どうしてでございますか。お殿様は眺めて楽しんでおいでalong でしょうか」

「それもあるが、こうして天日に晒《さら》した方が、艶がよくなると聞いたことがある。それに、湿気が増えるとひび割れとか歪《ゆが》みの原因になるのだそうな」

「へえ、そうなのですか。水や味噌、お酒などを蓄《たくわ》えておくから、湿気には強いと思うておりましたが、逆なのですね」

「いや。それはそれでよいのだが、何も入れないでおくと、小さな虫などが湧《わ》いて、却《かえ》ってよくないとか。こうして日干しすることがよいらしい。書物で言えば、虫干しみたいなものかのう」

「なるほど……だから、こうして……」

壮観な様を楽しみながら、義之介は実に開放的な素直な顔つきになった。壺にはまったく関心のない風間は、苛々《いらいら》と義之介を叱りつけて、席に戻れと言った。

だが、秋月能登守も一緒にしゃがみ込んで、お気に入りの焼き物を見せたりして、陶器談義が広がっていった。

――まあ、これはこれでよい……。

風間はそう思った。珠洲焼きを通じて、秋月能登守の気が変わって、義之介に藩主を継がせたくなるかもしれぬと思ったからだ。

その時、中庭から、右京と丹波、そして鷹太郎が歩いてきた。

吃驚した風間は思わず立ち上がり、

「何をしておる。おまえら……どうやって牢部屋から出てきた」

と俄《にわか》に形相《ぎょうそう》が変わった。

右京は穏やかに笑いながら、藩主と義之介に近づきながら、

「いや、お見事な焼き物ばかりですな。たしかに心が洗われる気がします。畠山家の自慢をしながら、この壺や皿の良さが分からぬ父上と違って、義之介殿は目が肥《こ》えてますな」

と声をかけた。

鷹太郎もしぜんに吸い寄せられるように、陶器の前に立って触れながら、

「たしかに素晴らしい。うちは漆器問屋を代々、受け継いできていますが、この珠洲焼きの素朴さはよいですね。この焼き物だからこそ、あの鈴の音《ね》も綺麗なのでしょう」

と言った。すると、何処からともなくカランコロンと優しい音が鳴り響いてきた。

本丸の軒下の一角には、やはり秋月能登守の趣向なのであろう、陶器の鈴を下げて

いる。風鈴のように弱い風では鳴らないが、能登独特の強い風を受けて、柔らかく鳴るのが、この鈴の特徴である。ビュウビュウと吹く冷たい風を、温めているようにすら感じるのだ。

「――おい。どうやって出てきたと訊いておる。貴様ら、許さぬぞ……」

と言いかけた風間に、丹波がズイと出て声をかけた。

「城内にはまだ、身共《みども》の味方もおるということだ。風間殿……おぬしのやり方は強引すぎる。あまり調子に乗らぬ方がよいぞ」

「老いぼれの言うことは聞かぬ。誰に向かって話しておるのだ」

「それ以上の暴言はやめた方がいい。この鷹太郎様が能登松波藩に来るに当たっては、加賀《かが》藩からも随行している家臣がおる」

「加賀藩……！」

風間は息を呑んで、丹波を睨み返した。

「さよう。藩御用達商人ですからな、能登松波藩の藩主になるにしても、お伝えしておかねばならぬ。この周辺はご存じのとおり、越前、越中、越後の藩領も混在しておるゆえ、何か異変があったと判断し、何人かの家臣が警備を兼ねて来ていたのです」

「…………」

「その家臣の中には、加賀藩国家老用人の沢井信三郎《さわいしんざぶろう》という御方がおりまして、大河内右京様とは顔馴染《かおなじ》みであります」

「さ、沢井様……」

驚いた風間も、沢井のことは知っているようで、いつの間に来ていたのか、丹波の後ろの方に加賀藩の家臣が数人、姿を見せた。その中のひとりに目が留まった。

「これは、沢井様ッ」

風間は、下にも置かぬ態度で縁側に出て、両手をついた。

沢井と呼ばれた侍は、四十絡《がら》みの武芸者風の形《なり》をしていたが、間違いなく本人であることを、風間は確認した。

「しばらくぶりでござった、風間様。ここにおられる大河内右京様は、御父上の政盛様とももども、私とは旧知の仲。偽者ではありませぬゆえ、知らぬこととはいえ、無礼な仕打ちは素直に謝っておいた方がよいと存ずる」

その言い草は、あえて責めはせぬという態度であった。もちろん、加賀百万石であろうとも、他藩のことに口出しができるわけがない。だが、加賀前田《まえだ》家は所領のみならず、能登はもちろんのこと、近在の外様《とざま》大名の動向を見張り、取り締まる役目がある。風間としては、大人しく従うしかなかった。

「──こ、これは……大変、失礼をば……御城を守るのが家老としての務め。行き過ぎた警戒、どうかお許し下さいませ」

必死に言い訳をする風間の前に立った右京は、ニコリと微笑《ほほえ》みかけて、

「では、風間殿。大目付として申すが、この鷹太郎君が殿様の跡継ぎと判明した上は、ご子息をごり押しするのは諦《あきら》めて戴きたい。但《ただ》し、これまでのそこもとの働きを勘案して、義之介殿の先行きのことは、家老職に安堵《あんど》できるよう取り計らおうではないか」

「…………」

「それでも、ご不満か」

「──私は、能登松波畠山一族として、本家に戻して下さるようにとお願いしているだけでございます。判断は、ご公儀にお任せ致しますが、そのことだけは何卒《なにとぞ》、お計り下さいますよう、宜《よろ》しくお願い致します」

風間は、何とか幕府の閣議に提案して貰いたいと、切実《せつじつ》に訴えた。

「御老中の小早川侍従様は、私ども畠山家の縁戚になりますので、予《かね》てよりお頼みしているることでもあります」

「なに、小早川様と繋がりがあるのですかな」

「はい。私も亡き妻の父との関わりで、昵懇《じっこん》でありました。どうか、検討の俎上《そじょう》にだけでも上げて下さいませ」

「そこまで言うなら、言上せぬではないが、ゆめゆめ身勝手なことは慎《つつし》まれよ。ましてや我が子を強引に藩主に据えるがため、鷹太郎君を排除する動きがあれば……分かっておりますな。私も大目付としての特権がございますので」

大目付は単なる老中の使いではない。上様直々の命で諸国巡察《じゅんさつ》に出かけている身であるから、大名内に不穏な動きがあれば、しかるべき措置《そち》をし、場合によっては刀に訴える場合もある。それほど強力な立場なのだ。

「承知しております。私はただ、御公儀の裁断を仰ぎたいだけでございます」

あくまでも正論で勝ち取りたいとの意向が、風間にはあるようだが、もしかしたら小早川侍従とは裏で繋がっていて、何か目論見《もくろみ》があるのかもしれぬと、右京は察《さっ》した。

「小早川様の名を出した上は、覚悟ができておいでですな」

「は……？」

「幕府重職の名を出し、何かを要求することは、権威を利用するも同然。もし、何か不都合なことが生《しょう》じれば、小早川様にも累《るい》が及びます。それも勘案《かんあん》しましたか」

「むろんでございます」

「ならば、お伝えしよう。だが、私がここに来た狙いは、秋月能登守様にも丹波殿にも話したとおり、抜け荷に関わることです」

「…………」

「その一件が落ち着くまで待たれよ」

「――ハハッ……」

抜け荷という言葉を出されて、風間は余計なことは言うまいと、大人しく従った。

ところが、まだ壺を眺めていた義之介が、秋月能登守の前に座り直し、

「お殿様。私は、藩主になる気など毛頭《もうとう》ありませぬ。その器《うつわ》でもないと思います。器といえば、このような陶器を作りながら生きてゆければ楽しい。その程度のことです」

「なんと……」

「ですから、どうか。父上の申し出は、ひとときの迷いとでもお思い下さいませ」

そう言われた秋月能登守は笑顔で頷きながら、風間を見やった。父親として赤っ恥をかかされた風間ではあるが、奥歯を嚙《か》みしめながら我慢をしていた。

すると、鷹太郎が義之介に声をかけた。

「ならば、珠洲古陶に負けぬような素晴らしい陶器を、一緒に作ろうではありませぬ

か。私には漆器を作る腕もある。それを売る術《すべ》も学んでおり、取引先も多い」

「鷹太郎様……」

「旅の途中、爺《じい》から聞いた話で思っていたのですが、この藩に欠けているのは、特産物であり、土地の利を生かしていないことだと。しかも、年貢収入の数倍の借金があるとのこと。その原因はそもそも、幕府から命じられた参勤交代に加えて、街道整備や神社仏閣などの普請《ふしん》の負担のためですよね。それがために領民は喘《あえ》いでいる。また、大勢の藩士が首切りされているとか」

鷹太郎はそう判断し、実父を救わんがため、生来の正義感をもって、松波藩の役に立ちたいと考えている。藩の借金はぜんぶで三万両もあるとのことだが、利子だけでも返済は難しい。

しかも、来る途中で見たように、まさに絶海の孤島のような貧しい岬の突端。僅《わず》かな棚田《たなだ》があるだけで、日本海の厳しい海風に吹きさらされている城下だった。

「でも、こうして父上にも会えた。なあ、義之介さん。ふたりして、この国を守《も》り立てていこうではありませぬか」

義之介も頷いて、出会ったばかりの若いふたりが、なぜだかすぐに意気投合した。

そして、幼い頃から一緒だった兄弟のように、庭に駆け出して何やら話し込んでいた。

そんな姿を見ていた丹波は、孫たちを眺めるように相好《そうごう》を崩し、

「殿……如何《いかが》でございます……これからは、若い人たちに任せて、療養に専念なさいませ……のう、風間殿……おぬしの息子にしては、義之介殿は素直で良い子ではないか」

「――ありがたいお言葉……」

まるで八方丸く収まったように笑う秋月能登守や丹波であったが、風間はずっと苦々しい顔をしている。人の情けに欠けるような風間の表情を、右京はじっと見据えていた。

城を包み込んでいた柔らかな風鈴の音が、まるで凶事でも起こるかのように、俄に大きく荒々しく膨《ふく》らんでいった。

三

こんなに天候が急変するとは思わなかった。

右京は急遽、佐渡島へと弁才船《べざいせん》で向かっていた。冬が近い日本海は、うねりだけで、三百石程の船でも底から突き上げるように揺らした。

——荒海や佐渡によこたふ天の河。

芭蕉《ばしょう》の俳句のように他人事《ひとごと》のような雰囲気とは違って、まさしく地獄の釜が大きな口を開けて待っているような恐怖すら感じた。もの凄い時化《しけ》が、大きな帆船を木の葉のようにしてしまう。

出港した頃には、遠くに霞《かす》んで見えていた佐渡の金北山《きんぽくざん》も、鉛色の空に隠れてしまった。今にも落ちてきそうな黒い雲と荒涼《こうりょう》たる大海原《おおうなばら》に挟まれて、帆船はすぐにも沈められてしまいそうだった。

怒濤《どとう》激しい日本海でも、北前船が群れをなして航行する春から夏にかけての季節は、まるで瀬戸内海のように凪《な》いでいることもある。ゆえに、北前船に限らず、多くの船が白い帆を張って、優雅に往《い》き来しているのだが、右京の乗っている船はまさに、黒い海面に飲み込まれそうな孤舟であった。

佐渡島に渡ることになったのは、

——佐渡奉行が怨霊党なる一味を相手に憤死した。

との報せを受けていたからである。実は、柏崎《かしわざき》や出雲崎の代官所から、越前に来ている右京にも報せがあって、鵜飼孫六と早苗《さなえ》は人足《にんそく》として先に佐渡に渡っていた。能登松波藩に何か異変があれば、すべて家老の風間のせいであると右京は釘《くぎ》を刺しており、監視役として丹波を指名していた。もちろん、鷹太郎は次期藩主としての教育を受けながら、『恵比寿屋《えびすや》』で培《つちか》った商才と家訓に則った改革を手がけ始めていた。

すぐに、鷹太郎とは再会することになるのだが、佐渡へと急いだ。風間も手を染めていると思われる抜け荷と、佐渡奉行の死も関わっているに違いない。右京はそう睨んでおり、全貌を暴くために、荒海に乗り出したのであった。

弁才船の構造は磐石《ばんじゃく》で、航《かわら》という厚い船底で、根棚、中棚、上棚という広い外板に、多数の船梁《ふなばり》を入れているから横波にも強い。船頭を始め、表《おもて》、片表《かたおもて》という今でいう航海長や副航海長らの居室である艫屋倉《ともやぐら》は尻上がりの船尾近くにあり、欄干のような舷に囲まれて頑丈である。操帆《そうはん》や舵取《かじと》りの甲板も兼ねているからだ。

ここに、飯番の炊《かしぎ》や事務方の知工《ちく》という者たちも一緒にいるが、右京も艫屋倉に身を置いていた。速さを出すために、船首は一本水押《みよし》で、船尾は幅の広い戸立《とだて》造りであるため、あまりにも荒い波にはやや強度に欠ける。ゆえに沿岸航行には力を発揮するが、外洋には向かないのである。

能登半島の先端から佐渡へ向かう海は、まさしく外洋で、わずか十五里《り》程の海里でも難破すれば、陸ではなく沖に流されていく。荒れた日には、危険極まりない航路だった。

特に、船体よりも、強いうねりや波によって、舵が破損した場合には、漂流せざるを得なかった。帆柱は船体の真ん中にあり、大きく高い柱のように聳《そび》えている。三百石船でも、二尺以上の太さがある。これで千石積みの船ならば、二十五反帆《たんぽ》で幅が十間《けん》にも及ぶ。とても人力《じんりき》では無理なので、屋倉の中にある轆轤《ろくろ》を使って上げ下げを行う。が、そこが壊れることもないことはない。

今般は外艫が破損し、それが海中の舵に絡んで破損してしまった。羽板《はいた》はもとより身木《みき》まで折れたようだ。しかたなく、帆の向きを変えながら、船首から波を受けるようにして衝撃を減らし、船体が倒れないようにする。同時に、〝逆艫《さかども》〟という、船尾から〝たらし〟を何本も出して調節する動かし方に徹していた。たらしとは、風や海流に流されないように海に落とす、碇《いかり》や艫綱のことである。

ドドン、ドドン――！

それでも船体は前後左右に大きく傾き、船頭や水主《かこ》たちは海に投げ出されそうになりながら、懸命《けんめい》に立て直そうとしていた。そこに、大きな横波が襲いかかってきた。

帆柱の上から落ちてきた壁のような大波が、甲板を直撃し、水主のひとりを海に流し出してしまった。

「銀平《ぎんぺい》！　おおい、銀平！」

仲間の水主たちは叫んだが、一瞬のうちに白波の中に姿は見えなくなった。それでも、水主のひとりが必死に、救命筏《いかだ》の綱を切って海に放り投げた。もし、しがみつくことができれば、助かるかもしれないからだ。だが、他の水主が大声をかけても波音に消され、虚《むな》しい響きでしかなかった。

甲板から船内に海水が滝のように流れ込み、荷物はゆっさゆっさと出鱈目《でたらめ》に揺れ出して、それがまた船体の均衡を著しく崩してしまった。転覆して沈没させないためには、重い荷物を棄《す》て、大きな帆柱を切断するしかない。

だが、あまりにも激しい風雨のため、水主たちも船体の縁《へり》などにしがみついているしかなく、もはや神頼みだった。それでも船頭の三太夫《さんだゆう》は声を張り上げながら、懸命に舵子《かじこ》とともに、舳先《へさき》を風上に向けていた。何としても横転だけは避けたかったからである。

力自慢の水主たちは、鋸《のこぎり》や斧でなんとか帆柱を斬り倒して海中に落としたものの、後はもう風と波に任せるしかなかった。このまま異国に漂流したであろう船は何艘《そう》もあった。何年か前も、三太夫とは昵懇だった『長者丸《ちょうじゃまる》』という船が嵐に遭遇《そうぐう》して、行方が分からなくなっていた。

「頑張れ！　これくらいの波がなんだ！　生きて帰るぞ！」

三太夫は絶叫したが、それすらまったく聞こえないほどの怒濤と風雨だった。
さすがの右京も船酔いに耐えながら、艫屋倉の神棚の下で、柱にしがみついている
しかなかった。これまでも海難や雪山、さまざまな災難に遭《あ》ってきたが、自然の中で
はまったくの無力であることを知らされた。
しかも、日本海は九月から三月までは、北西風が強いので、船通罷《まか》りならずと『日
本海辺全図』に記されている。北前船ですら〝冬囲い〟をしている時節に、あまりに
も無謀な航行だったかもしれぬ。
――もしかしたら、今度だけはダメかもしれぬ。
という思いが脳裏《のうり》を過《よ》ぎり、妻の綾音《あやね》と息子の徳馬の顔がはっきりと浮かんだ。
この艫屋倉ですら、大波を浴《あ》びてびしょ濡《ぬ》れである。片隅には海水が溜《た》まっており、
ぴちゃぴちゃと音を立てて揺れている。
これまで何十艘という船が海難に遭い、漂流したはずだが、行方不明のままがほと
んどで、無事に帰国した例はないに等しい。沈没した方が多いのであろう。日本列島
の両側には黒潮と親潮というふたつの大きな潮流があるため、難破して流されると千《ち》
島《しま》やカムチャツカの方に漂流することはあっても、日本に戻ることは少ない。
ゆえに、特に冬場の日本海は、北前船のような大きな船すら、航行を禁止にしてい

るが、漁船は幾らでも沖に出ている。暮らしがかかっているからだ。しかし、年貢米や酒、木綿などを運ばざるを得ない船は、無理をしてでも海に出る。特に大坂と江戸の間は、日本海側のように禁止はされていなかったので、漂流や難破も多かった。

船底をドンドンと突き上げられながら、荒れ狂う海原をどのくらい流されたであろうか。幸いにも行く手には、雲を突き抜けるように聳える、佐渡の金北山が見えてきた。四百丈《じょう》もある山で、それを取り囲むように百丈の峰々も鋭く尖《とが》って並んでいる。

三太夫は〝たらし〟を上手《うま》く使いながら、目指す小木湊《おぎみなと》からは離れていくものの、真野《まの》湾の方に舳先を向けた。その湾に吸い込まれるように流れていく。

「助かったぞ！　佐渡が導いてくれてる。助かったぞお！」

まだ大きく揺れている船体だが、水主たちは大喜びした。徐々に湾に入っていくと、両側の大きな半島に包まれるようになって、少し波も穏やかになってきた。

山颪《やまおろし》もあって沖に戻される危険もあるから、油断はできないが、三太夫たちが慎重に船を進ませていると、地元の漁師などが舵が動かぬことに気付いたのか、数艘の漁船が出て来て、綱をかけて、ゆっくりと湊まで曳航《えいこう》してくれた。

「やったぞ。佐渡に着いたぞ！」

水主たちは叫びながら、生きていることを抱き合いながら喜んだ。

湾内に入ると、佐渡の山は如何に高いかということが分かった。右京は艫屋倉から見上げながら、遥《はる》か能登から眺めた島影とは違って、不気味なほど巨大に感じた。島というよりも、何処か異国に来たような気がした。

無事に漂着したものの、待っていたのは地元の浦役人《うらやくにん》たちの尋問だった。

浦役人とは、諸国の小湊浦に置かれた番所の役人で、幕府の城米船や諸藩の廻船の監視や援助を行っていた。思わぬ大風やうねり、激しい潮を避けるために、入港してくる廻船を守るのだ。いわば湊の村長である。小湊浦には船頭や水主たちの船宿もあった。

また、漂着した船やその荷物を調べて、避けがたい海難であったという〝浦証文〟というものを発行して、廻船問屋や荷主などに損害を伝える。それによって、損失した荷物を弁償する責任が、船頭にあるかどうかを判断する。

荷船には、船主や船頭が買い取った荷物を運ぶ〝直乗買積船《じきのりかいづみせん》〟と、他人の荷物を輸送する〝運賃積廻船《うんちんづみかいせん》〟がある。いずれによせ、海中に棄てる荷打ち、濡荷、船の破損、水主の死亡などを調べて、事故証明をしなければならない。

だが、運賃積の場合は、難破を装《よそお》って、荷打ちのふりをして、転売することもあった。それゆえ、浦役人の中には執拗《しつよう》に取り調べる者も多かった。

海水でびしょ濡れの体を洗い、乾いた着物に着替えさせられた後、船頭や水主たち乗組員一同は、番小屋に逗留《とうりゅう》させられた。

浦役人の友部大八郎《ともべだいはちろう》は、いかにも小役人らしく、細かなことを執拗《しつよう》に訊いていた。この海域では命を落とすから、わざと難破する者はいないであろう。だが、万が一、偽の海難であった場合、見抜けなかった責任を取らされるのは浦役人だからだ。

しかも、佐渡奉行が怨霊党という不逞《ふてい》の輩に殺されたばかりだからか、ちょっとしたことにも神経を尖らせていた。もちろん、佐渡は天領であるゆえ、浦役人は佐渡奉行配下の代官職であった。

「かような荒海に何故、船で乗り出した」

友部は厳しい口調で咎《とが》めた。

「へえ。この御方が佐渡に参りたいとおっしゃるので……丁度、上方《かみがた》からの荷物で、運ばなければならないのもありましたから」

三太夫はバツが悪そうに答えて、傍《かたわ》らにいる右京を横目で見やった。

大目付であることは、船乗りたちの誰にも言っていない。表向きは、能登松波藩の藩士を装っており、秋月能登守にも道中手形を発行して貰っている。

佐渡に来るのは、物見遊山《ものみゆさん》の体《てい》をしているが、わざわざ絶海の孤島に来る者もおるまい。法然《ほうねん》の弟子・行空《ぎょうくう》、順徳上皇《じゅんとくじょうこう》、歌人の京極為兼《きょうごくためかね》、日蓮上人《にちれんしょうにん》、世阿弥《ぜあみ》などを偲《しの》ぶ者でも荒海を渡るのは至難の業《わざ》だ。しかも、金山を中心に天領として、佐渡奉行によって厳しく出入りは制限されていた。

しかも、この真野湾からは、中山峠《なかやま》を越えて、相川《あいかわ》の金山はすぐである。だが、地理的に難所ゆえ、金銀は小木湊まで陸路で運び、そこから出雲崎や寺泊《てらどまり》に送ることになっている。本州との距離が最も短いからである。

「──能登松波藩の者が何故、佐渡に……物見遊山とは到底、思えぬが」

警戒したように友部が訊いてくるのへ、右京は平然と適当に答えた。

「実は私の生まれは佐渡でしてな。幼い頃、訳あって秋月家の家臣である親戚に渡されたのだが、望郷の念に駆られて……」

「望郷の念だと……」

「ええ。小さい頃は、毎日のように能登の鈴ヶ嶺から、佐渡の金北山を眺めては、父と母はどうしているかと泣いておりました」

「父母が佐渡に……何処におる」

「赤泊《あかどまり》です。寺泊と船が繋がっていて、賑《にぎ》やからしいですが、父は金山の落盤事故で亡くなり、母も後を追うように病で……ですから、せめて墓参りにと」

「…………」

「もっとも、こっちが危《あや》うく極楽浄土か地獄か分からぬが、行くところだった」

右京の話を半信半疑で聞いていた友部だが、藩主の出した道中手形まで示されては、下手《へた》に扱《あつか》うわけにはいかなかった。三万石の小藩で、外様とはいえ大名の家臣である。友部は佐渡奉行に現地で雇《やと》われた役人に過ぎない。ゆえに、幕臣ではない。あまり無理筋を通すのも憚《はばか》られたのか、

「――まあ、そういうことなら、よろしいが、しばらくはこの湊から出ることはならぬ」

「しかし、鶴子《つるし》銀山があった沢根《さわね》から、峠を越えれば相川の金山……折角、佐渡に来たのだから、一度は見てみたいものだ」

「見ても面白い所ではない」

「まさか。江戸や大坂のような賑わいだとの話だが」

「金鉱がほとんど尽きて、往年のような盛り場などはない。すっかり寂《さび》れており、行っても、つまらぬ所だ」

友部は吐き捨てるように言ったが、余所者《よそもの》は入れたくないという気持ちが、目つきや態度にも表れていた。右京はそれよりも、ここまで命がけで連れて来てくれた、船

乗りたちに改めて頭を下げ、労《ねぎら》いの言葉をかけた。

しかも、銀平という水主がひとり、海に流されてしまった。まだ一縷《いちる》の望みは棄てていないが、助かるのは難しいであろうと、誰もが感じていた。

そんな気持ちだけは友部も感じたのか、

「おそらくダメかもしれぬが……生きていることを祈っておこう。だが、もし、これが偽海難ならば、極刑だ」

これは、寛永《かんえい》年間に出された海難に関する定書《さだめがき》にあるものだ。不正は糺《ただ》さねばならないが、その一方で、浦役人は海難救助をしなければならない義務もある。船荷のことなどは、何か訴訟事になれば、船頭は江戸か大坂の廻船勘定所に出向かねばならない。かくも海難に関しては、厳しい沙汰があったのだ。

「船頭、三太夫……航行中であろうと停泊中であろうと、後々の争いを起こさぬため、荷打ちをした際には、浦証文を発行せねばならぬ。詳細に調べるゆえ、しばらく逗留してもらうぞ」

「へえ。船は破損しましたし、なんとかしなきゃ帰れやせん」

三太夫は深々と頭を下げるしかなかった。

吟味《ぎんみ》が一段落した頃、何やら騒々しい物音がして、小者が二、三人来て、友部に耳

打ちをした。瞬時にして、血相が変わった友部は、右京と水主たちに、

「よいな。許しが出るまで、ここから一歩たりとも出るでない。もし、言うことを聞かなければ、佐渡奉行所まで連れて行くことになる。よいな」

と言い含めて立ち去った。

佐渡奉行所まで連れて行くということは、金山で働かせるという意味もあるため、それを知っている水主たちは首を竦《すく》めた。

だが、右京はすぐに小屋から出てみた。

すると、「こらこら、出てはならぬ」と声を張り上げて、菅笠《すげがさ》を被《かぶ》った番人が近づいてきた。そして、乱暴な態度で、「こっちへ来い」と命じた。

仕方なくついていくと——番人に扮していた鵜飼孫六であった。

四

「右京様。ご無事で何よりでした……無茶はおやめ下さいませ」

安堵したように鵜飼は言ったが、右京はいつもの平常心に戻って、

「うむ。さすがに命が縮まった。それより、何か摑めたか」

「はい。怨霊党という者たちの正体は未だに分かりませぬが、佐渡奉行を襲った後は、船で逃げたようです。どうやら、島の周辺を奔放《ほんぽう》に船を操っている輩のようです」

「やはり抜け荷一味と関わりがあるのかな」

「そこまでは……とにかく沿岸を隈無く探したのですが、何処にもそれらしい根城はありませぬ。早苗はまだ調べております」

「うむ……佐渡奉行を殺した狙いは何かな……能登松波藩の家老・風間官兵衛は、佐《さ》竹《たけ》という用人を、佐渡に送った節がある」

「はい。承知しております。金山のある相川の木賃宿にて、越後商人に扮した手下数人と逗留しております」

「その者たちと、怨霊党は関わりないのか」

「今、探りを入れているところですが……その怨霊党の襲撃に備えて、『北国屋《ほっこくや》』という越後寺泊の廻船問屋が、用心棒を集めておるようなのです」

「代官所のみならず商家も襲っているのか」

「寺泊は、北前船で賑わう町でもあります。『北国屋』は越後で屈指《くっし》の大店《おおだな》とのことで、松前《まつまえ》はもとより、諸国から集められた海産物や米、油、木綿などの物資を佐渡に送る唯一《ゆいいつ》の商人ですから」

「出たな。『北国屋』が……」

　右京が口元を歪めると、鵜飼は頷いて、

「はい。抜け荷のことで、チラチラと出てきている店の名です。しかし、公儀御用達という立場もあるので、代官所同様、盗賊の餌食《えじき》になりやすいかと存じます」

「用心棒か……」

　何か思惑《おもわく》がありそうな顔になった右京に、鵜飼は内心を見抜いたように、

「潜《もぐ》り込んでみましょうか。『北国屋』の出先は、赤泊にあって、寺泊から送られてきた用心棒も結構、集まっています」

　赤泊は佐渡の南にあり、越佐《えっさ》海峡に面している。村のほとんどは小佐渡《こさど》丘陵にあり、海岸線は岩場だらけだが、湊は佐渡奉行の渡海場ゆえ、番所があった。金銀の積み出しは、小木湊が担っていたが、赤泊は人の出入りを主《おも》に執《と》りおこなっていた。

「ならば、俺が探りを入れてみよう。丁度、赤泊が生まれ故郷だと嘘をついたところだ。強引に明日にでも乗り込んでみよう」

「しかし、それでは……」

　危険だという鵜飼に、右京は笑って返した。

「散々、危ない目には遭ってきた。それより、今し方、浦役人が慌てて何処かへ出て

いったが、何かあったのか」

「おそらく、殺された佐渡奉行に関することだと思います。あれから相川の金山周辺では物騒なことが続いており、奉行所はピリピリしております。右京様もくれぐれも……」

「分かっておる。おまえたちもぬかるなよ」

ふたりは真剣に顔を見合わせて、しかと頷いた。

翌日、友部を適当に言いくるめて、右京は赤泊に来た。高台になっている所から、海峡の対岸に、広い越後平野とその向こうに屛風《びょうぶ》のような山々が眺められる。不思議なことに意外と近くに見える。

――佐渡へ佐渡へと草木もなびくよ。佐渡は居よいか住みよいか。ハア佐渡と柏崎や竿差《さお》しゃ届くよヨ……。

向こうは寺泊だが、目の前の風景を見て右京は実感した。しかし、この荒海も渡るにはかなりの危険が伴うことは、黒ずんだような海の色が物語っていた。

湊の番所に隣接するように、商家があり、『公儀御用達・北国屋・赤泊店』という軒看板が掲《かか》げられてあった。

その看板とは不釣り合いなほどの大声が聞こえてくる。「エイヤ!」「トウ!」「セイヤ！」などと剣術の気合いである。

　店の中庭では――あくの強そうな顔で、でっぷりと肥えている『北国屋』の主人・儀右衛門《ぎえもん》の前で、ふたりの浪人者が真剣で立ち合っている。その周《まわ》りには、十数人の浪人が見守っている。

　一方は着流しだが、もうひとりは襷《たすき》がけで袴《はかま》姿であった。着流しの方は四十絡みの総髪で、目が虚《うつ》ろである。体つきもひ弱そうで、刀をぶらりと垂らして構えており、一見隙だらけである。だが、襷がけの方は打ち込めずにいる。

　総髪着流しは棒立ちのまま、相手をぼんやりと眺めているだけに見える。目を合わせると眠たくなるような感じだ。その態度に苛つかせるものがあるのか、襷がけの方は、

「隙あり！」

　と声をかけながら打ち込んだ。

　が、その刀はカキンと弾《はじ》き飛ばされて、宙を舞い、儀右衛門の前の地面に立った。

　途端、総髪着流しは、静かな物言いで、

「失格だ。帰ってよい。そんななまくらな腕では、怨霊党一味は倒せぬ」

　と呟いた。

襷がけは恐れをなしながら、刀を取って逃げ出すように立ち去ったが、周りの浪人たちは息を呑んで見ていた。

「いつもながら、お見事ですな、笹倉《ささくら》先生……今日は、このくらいで如何でしょう。たまには、みなさんでゆっくりお酒でも召し上がって下さいませ」

儀右衛門がそう言いながら立ち上がろうとすると、浪人たちの緊張も解《ほぐ》れた。

その時、「しばし待たれい」と声があって、柴戸《しばと》を開けて現れたのは、右京だった。借り物の着物だから少し寸足らずで、見るからに間抜けないでたちだった。浪人たちからも軽い失笑が起こった。

「一手、お手合わせ願いたい。船が難破して、財布も失《な》くしてしまってな。噂を聞いて来たのだが、できれば雇って貰いたいのだ」

「ほう。自信はあるのか」

苦笑まじりで、笹倉と呼ばれた侍は右京の前に立って訊いた。

「さあ……しかし、腹が減ってるのでな。美味《うま》い飯と酒にありつきたいのだ」

右京が照れ笑いをしながら言うと、笹倉の顔からは笑いが消え、刀を中段に構えて、切っ先を向けてきた。

「浪人、笹倉梅軒《ばいけん》」

「同じく、大……大久保《おおくぼ》右京……」

「大久保……」

「さよう。大久保長安の八代目子孫に当たるのでな」

と戯《ざ》れ言《ごと》を洩らしながら、刀を抜き、青眼《せいがん》に構えた。

お互い相手から微塵《みじん》も目を離さない。

「――おぬし、かなりできるな」

笹倉は呟くように言いながら、ジリジリと右京との間合いを取った。先程の襷がけ浪人相手とはまったく気迫が違う。周りで見ている者たちも神経が痛むような目つきで、ふたりの立ち合いを凝視していた。

「トウッ！」

ふたりはほとんど同時に剣先を突き出したが、わずかに触れあっただけで、お互い横に飛び退《の》いた。さらに、二、三、斬り結ぶがまったくの互角といってよい。

右京はわずかに後ろに下がって、相手を誘い込んだ。取るに足らぬ相手とは思っておらず、意外とやるなと感じていた。

相手もそう思っているのか、踏み込んでくることはない。ふたりとも、ほんの一寸か二寸、間合いを詰めて気迫が漲《みなぎ》った瞬間、まったく同じ太刀筋で相手に踏み込んだ。

——ガキッ。

鈍《にぶ》い音をさせて刃を合わせると、スルスルと刀身の鎬《しのぎ》を滑《すべ》らせて、鎺《はばき》と鍔《つば》が激しく擦《す》れた。額をぶつけ合うように睨み合って力比べをしていると、たまらない様子になった儀右衛門が、

「その辺で、宜しいでしょう。笹倉先生」

と止めた。

「それ以上やって、怪我をされては元も子もありませぬ。大久保様とやらも、良き仲間になりそうではありませぬか」

儀右衛門の仲裁が入って、右京と笹倉はお互い残心を取りながら、ゆっくり離れた。

「よかろう……使ってやる」

笹倉が先に鞘《さや》に刀を収めると、右京は安堵したように微笑み返して、

「ありがたい。これで、鳴いている腹の虫が静かになる」

と言った。

冗談と受け止めて、笹倉も僅かに笑みを返したが、儀右衛門の目は異様なほど、ぎらついていた。それを右京はチラリと見たが、気付かないふりをしていた。

五

離れ部屋に案内された右京は、用意されていた高膳の前に座り、他の十数人の浪人たちとともに酒席に混じった。離れといっても、庭に面した大広間で、ちょっとした舞台までが設《しつら》えられてあった。

上座の笹倉が杯を掲げると、一同も受けてから、和気藹々《わきあいあい》と雑談をし始めた。

笹倉のすぐ近くに座っていた右京は、さりげなく問いかけた。

「どうも妙だな。釈然《しゃくぜん》としないと思わないか」

「む？　何がだ」

「怨霊党という荒くれが相手とはいえ、盗賊退治ならば、役人に頼めば済む話ではないか。わざわざ、こんなに大勢、雇わぬでも」

「俺もそう思うが、佐渡奉行までが殺されたとなれば、いくら公儀御用達とはいえ、一商人のために手が廻らぬはず」

当然のように答えた笹倉の目が、卑《いや》しげな色合いを帯びて、

「だが、そんなことはどうでもいい」

「なに……？」

「ここには、汚い金の臭《にお》いがプンプンしている。俺はその、おこぼれが頂戴できれば、それでいいのだ」

「ほう。汚い金と、そうじゃないのが分かるのか」

「長年浪人暮らしをしているとな、ここが鋭くなる。おのずと身についた勘だ」

と笹倉が鼻を擦《こす》ると、右京は一瞬、犬の嗅覚《きゅうかく》を誇るという丹波の顔を思い浮かべた。

杯を傾けながら、

「腐るほどの金があるとでも？」

「おまえもそれが狙いで来たのではないのか。それほどの腕がありながら、仕官のひとつもできぬとは、よほど心がけが悪いか、運に見放されているかだ」

「おぬしも同じではないのか」

「ふん。俺は運が悪い方かな……とにかく金が入れば、後のことは知らぬ」

「それでは盗賊と変わらぬではないか。俺は、どうにも非道を働く輩は許せぬ気質《たち》でな」

「立派な考えだが、悪い奴なんざ世の中に掃《は》いて捨てるほどいる。おまえひとりが憤慨したところで、何も変わらぬよ。もしかして、堅物《かたぶつ》が過ぎて、上役に嫌われ、お役御免になった手合いだな」

「ま、そんなところだ……」

右京が苦笑したとき、儀右衛門が手を打ちながら廊下から来た。

「さあさ、先生方。英気をたっぷり養って貰うために、綺麗どころを見繕《みつくろ》ってきましたので、お楽しみ下さいませ」

と言った。

それが合図のように、芸者衆が数人、ぞろぞろと入ってきて、舞台に上がると、金屛風を背にして浪人たちに向かって並んだ。たしかにいずれも美形揃いで、華やいだでたちや物腰が艶《あで》やかである。とても佐渡島という絶海の中にいるとは思えなかった。

「流れ芸者の美緒《みお》と申します。人生、一期一会。精一杯、おもてなし致しましゅので、今宵はゆるりと、お楽しみ下さいまし」

美緒と名乗った芸者たちの姉貴格は、まだまだ若いが凜《りん》と輝いていて、その美しさには気品すら漂《ただよ》っていた。だが、何処か儚《はかな》げで、翳《かげ》りもある。浪人たちからは長い嘆息が洩れていた。

「私たちの美しき歌舞で喜んで戴ければ、とても嬉《うれ》しゅうごじゃいます」

少し言葉が濁《にご》るような舌足らずな美緒の話し方が、これまた妙な色気があった。

芸者たちは三味線や太鼓を軽快に弾き、叩きながら、佐渡おけさ風の歌に合わせて、舞いや踊りを披露した。おけさ節とは、肥後天草《ひごあまくさ》の牛深《うしぶか》のハイヤ節が元と言われている。

――ヨイサーヨイサー、サッサヨイヨイー。

という軽快な掛け声、独特な明るい節廻し、躍動感のある民謡で、牛深に立ち寄った船乗りたちによって、諸国に広がった。船乗りたちをもてなすために、地元の女たちが歌ったことが始まりだという。

――居よい住みよい噂の佐渡へ、連れて行く気はないものか。

――来いと言うたとて行かりょか佐渡へ、佐渡は四十九里波の上。

――波の上でもござるならござれ、船にゃ艪《ろ》もある櫂《かい》もある。

――させよ簪《かんざし》入りゃれよかもじ、男泣かせの投げ島田。

――浅い川なら膝までまくる、深くなるほど帯をとく。

――島の乙女の黒髪恋し、またも行きたや花の佐渡。

さりげなく男女の逢瀬《おうせ》の機微を込めて、芸者衆は語るように歌いながら、可憐《かれん》に舞い踊った。浪人たちも調子に合わせて、手を叩いたり、両腕を上げておけさ踊りの真《ま》似事《ねごと》をしたりして楽しんでいた。

　幾つか演目を重ねた後、芸者衆は座敷の方に散って、浪人たちの側で酒の酌《しゃく》をしたり、お喋《しゃべ》りに興じた。美緒は頭目《とうもく》らしく、あちこちに笑みを振りまきながら、一廻りすると、笹倉の横に座して銚子を傾けた。

「さあ、笹倉様……」

「俺の名を知っておるのか」

「はい。類希《たぐいまれ》な凄腕だと儀右衛門さんから聞いております。そちらの御方も」

　美緒は右京にも流し目を送った。その顎を、笹倉は指先で自分の方に向けて、

「なるほど。いい女だ。こういう事があるから、用心棒稼業はやめられん。俺の一夜妻になる気はないか」

　と口説こうとした。

　美緒は微笑み返しながら、さりげなく笹倉の手を離し、杯に酒を注《つ》ぎ足《た》し、

「それは殿方次第でございます」

「ほほう。そうか俺次第か……ならば、おまえの宿に夜這《よば》いにいく。どこに泊まっているのか、教えてくれぬか」

「どうして宿だって分かるのですか」

「流れ芸者と言うたではないか。出雲のお国《くに》じゃないが、諸国を巡ってるのだとしたら、佐渡在住ではなかろう」

「さすがですわね。では、何処に泊まっているか探して下しゃんせ。寝間着姿で待っておりますから」

挑発《ちょうはつ》するように言いながらも、美緒の目は座敷の一角で他の芸者や浪人と談笑している儀右衛門を見た。

その目がほんの一瞬だけ、鈍い光を放った。

美緒の表情の変化を、笹倉は見逃《みのが》さず凝視《ぎょうし》した。同時に、右京の目にも留まった。

「…………」

儀右衛門から視線を戻した美緒の目が、右京の視線とぶつかった。とっさに作り笑いをした美緒は袖を手繰《たぐ》りながら、

「そちらの若い旦那さまも、さあ……」

と銚子を差し出しながら、わずかに笹倉から離れるように膝を進めた。

近づいてくる美緒から酒を受けながら、

「怖くないのか」

と訊いた。意外な表情で、「えっ？」となった美緒に、右京は続けて、

「俺たちは、怨霊党という盗賊を斬るために雇われた者たちだ」

「怨霊党……なんですか、それは」

「人伝《ひとづて》に聞いたところでは、〝遠流《おんる》の島〟というのが詰まって、〝おんるとう〟となり、さらに怨霊党になったとか」

「知りませんでした……もしかして、佐渡奉行様を殺したという……」

「そうだ。ここにもいつ襲ってくるやもしれぬ。巻き込まれぬうちに退散した方が、よいかもしれぬぞ」

「ご親切にどうもでしゅ。でも、盗賊が怖くて芸者は務まりません。それこそ、これまで色々な荒くれ者の相手もしましたので」

美緒は怖いもの知らずなのか、毅然《きぜん》とした声で言った。笹倉はなぜか嬉しそうに、横合いから声をかけた。

「気性の強い女にはまた燃える……しかも、その舌足らずな喋り方がいい……何処のお国訛《なま》りなのだ」

「それは内緒です。出雲ではありませんよ。うふ……」

誤魔化すように言いながら、別席から〝指名〟があって、美緒は席を移した。途端、笹倉は右京に声をかけた。

「あの女、何かあるな……儀右衛門のことを曰《いわ》くありげに見ていた」

「うむ……」

右京も同感であった。

その夜――。

芸者たちが帰って後、蒼《あお》い月が中天の空に浮かび、海岸の白波が大きく揺れている真夜中過ぎになって、黒装束《くろしょうぞく》の一団が湊の番所の裏手に集結していた。怒濤の響きに足音も消されていた。

黒装束の一団は番所ではなく、隣の『北国屋』の裏手から難なく忍び込んだ。予《あらかじ》め誰かが裏木戸を開《あ》け易《やす》くしていたようだ。

中庭を突っ走り、まるで勝手知ったる家のように奥座敷に向かって、忍びのような身軽さでサッと縁側に飛び上がった。その勢いのまま障子を開けると、暗がりの中に待ち伏せしていたように人影が立った。

「!?――」

先頭を突っ走ってきた黒装束の頭目格は、凝然と立ち止まった。後から踏み込もうとした手下たちも慄然《りつぜん》と身構えた。

「来たな。おまえらが、怨霊党か」

そこに立っていたのは、笹倉だった。素早く抜刀《ばっとう》して、問答無用で斬り倒そうとすると、手下たちがズラリと前に出てきて、頭目格を壁のように囲った。しかも、その手には半弓や短筒《たんづつ》がある。

笹倉の動きが一瞬、止まった。すると、奥座敷からではなく、廊下から儀右衛門がおもむろに出てきて、

「怨霊党だ。先生方！　仕事ですよ！」

大声で呼んだが、誰も出てこない。不審に思って、儀右衛門が離れまで小走りで行って障子戸を開けると、用心棒たちはみんな眠ったまま起きてこない。

「先生方！」

儀右衛門は慌てて、近くにいる浪人を揺り起こしたが、右京ひとりだけが廊下に出て来ながら、

「無駄だ。酒に何か入れてたらしいな」

見ていた笹倉は苦笑いしながら、右京に言った。

「おまえも気付いていたか」

「飲んだふりをするのも難儀だったがな、はは……あの芸者たちが仲間だということだ。儀右衛門、少々、甘かったようだな」

狼狽《ろうばい》した儀右衛門は、離れの奥の方に逃げながら、

「殺して下さい。こんな奴ら、始末して下さい」

と叫んだ。

すぐさま笹倉が盗賊一味に斬りかかろうとしたが、ビュンビュンと半弓の矢を射ってきた。それは笹倉と、踏み出そうとした右京の足下《あしもと》に突き立った。

さらに、ダダダンと短筒を放つ黒装束もいたが、ふたりに命中せず、背後の壁や襖に当たっただけだった。

「そんなヘボな手で俺に勝てると思うてか。無駄な足掻《あが》きはよすのだな」

笹倉が青眼に構えると、右京も横手に廻りながら刀を抜き払った。怨霊党たちと睨み合う形となった笹倉と右京だが、頭目格は大きく手を振り上げた。

盗みは諦めたのか、すぐさま怨霊党の面々は半弓を射ながら、忍び込んできたときよりも素早い動きで退散した。

「待てッ――」

笹倉が裏木戸から追いかけると、右京も後を追った。

番所との間の路地には、逃げている怨霊党の面々の姿が月影となって見える。騒ぎに気付いたのか、番所の番人も出てきたが、勢いよく逃げる一団の風圧に押しやられ

るかのように腰が砕けた。

それでも、右京と笹倉は湊の方まで追いかけたが、すでにほとんどが桟橋の小舟に乗っており、殿役《しんがりやく》の者たちが半弓や短筒でさらに威嚇《いかく》してきた。

わずかにふたりが怯《ひる》んだ隙に、敵はひらりと舟に飛び乗って、物凄い速さで沖へと漕《こ》ぎ出した。荒い波をものともせず、疾走《しっそう》するように遠ざかった。

その行方を見ている右京と笹倉の側に、怒りを露《あら》わにして、儀右衛門が来るなり、

「逃がしおって……なぜ殺さなかった……その腕前なら、ふたりだけでも、皆殺しに出来たのではありませんかッ」

と強い声で言った。

「蔵が破られなかっただけでも、儲《もう》けものではないか」

笹倉が言うと、右京が刀を鞘に戻しながら、

「いや。狙いは金ではなく、儀右衛門……おまえの命だったかもしれぬぞ」

「えっ……」

「真っ先に向かったのは蔵ではなく、おまえの寝所だった」

「！……」

「芸者の中に怨霊党の仲間がいて、おまえの部屋を確認し、裏木戸の心張り棒を開け

やすく細工していたのかもしれぬな」

右京がそう言うと、笹倉も納得したように頷いて、

「なるほど……だから俺たちには手を出さなかったのか。弓も鉄砲も威嚇に使っただけだ。その気になれば、ここを狙えたはずだ」

と胸を叩いた。

「それにしても……くそう」

異様なほど悔しがる儀右衛門の顔を、笹倉は凝視していた。右京も同じように鋭い視線を向けたが——その先に、怨霊党の舟を追う鵜飼の姿があった。

六

翌朝、ほとんどの浪人たちは、用無しだと〝解雇《かいこ》〟となった。だが、右京と笹倉にだけは残ってくれと、儀右衛門は用心棒代を弾《はず》むからと頼んだ。

怨霊党が再度、襲ってくるかどうかは分からない。だが、狙いが金や蔵のものではなく、我が命かもしれぬと考えると、儀右衛門は夜も寝られぬと思ったのだ。

「命を狙われる覚えがあるのか」

笹倉が訊くと、儀右衛門は首を横に振りながら、

「まったく……ですが、かような商売をしていると、知らないところで恨みを買っているかもしれませんからね」

と溜息混じりで言った。

「怖いのは寺泊の方の店です。代官所が襲われて、こちらに逃げてきていたのですが、佐渡奉行まで殺されたのですから……もうたまったものじゃありません」

「…………」

「なのに、未だに御公儀は兵を送ってきてくれない。あんな連中が跳梁跋扈《ちょうりょうばっこ》しているなんて、この世は闇です」

「闇、なあ……」

気のない返事を笹倉がしたとき、儀右衛門は右京がいないことに気がついた。

「奴なら厠《かわや》だ……と言いながら、屋敷の中を探っているのではないかな」

「えっ……」

困惑気味な顔になる儀右衛門に、笹倉は含みのある言い草で、

「俺もこの目で見たがな」

「何をです……」

「土蔵の中には、俵物や行李《こうり》、櫃《ひつ》や長持《ながもち》などがギッシリとあった。佐渡に物資を運ぶ商人の蔵だから当たり前だが……象牙《ぞうげ》や鼈甲《べっこう》、唐織物に朝鮮人参などの薬種、切支丹《キリシタン》が使うロザリオや青石《あおいし》なども、隠すようにごっそりとあるではないか……すっかり目を奪われたぞ」

「──困りますな。勝手に入られては」

不機嫌に言う儀右衛門の目は、明らかに威嚇するように笹倉を睨んでいる。およそ、ただの商人には見えない。

「まあ、おまえが金を貯《た》め込むのは勝手だが、長崎会所を通さぬ抜け荷とは、これ如何に」

「…………」

「もっとも、越後や越中は抜け荷で繁盛しているようなものだ。まっとうな越中富山の薬種問屋なんぞでも、抜け荷の薬種を当たり前のように仕入れているからな」

金銀が異国に流出してから、幕府はさらに交易を制限したため、唐薬種の〝輸入制限〟を受けた。それゆえ、商人は安く手に入れるため、三百石くらいの船で、隠岐《おき》や対馬《つしま》、時には薩摩《さつま》の沖合にまで出かけて、真夜中、二百里も沖合で唐船と取引をしていた。

「万が一、見つかっても、奉公人が勝手にしたことだと言い逃れていたようだな。奉公人も結構な金を受け取って、罪を被るのが常道だが、下手すりゃ、それこそ遠島だ」

「…………」

「それほどの危険を冒《おか》しても、実入りがいいってことだ……報酬をもっと貰いたい。奴らを退治するまで、月に五十両でどうだ」

笹倉が欲惚《よくぼ》けた顔つきになると、儀右衛門の方も鋭い眼光になって、

「賊を取り逃がしたくせに、調子に乗られちゃ困りますよ」

「どういう魂胆《こんたん》だ……ただ盗賊を追っ払いたいためではあるまい。おまえは殺せと言った。賊を殺さねばならぬ何がある」

「妙な言いがかりはよして下さいな」

「俺をなめるなよ」

物静かに言ったが、次の瞬間、抜刀道の速さで床の間にある大きな壺をパカッと割った。すると、中にぎっしりと詰まっていた佐渡小判がバラバラと床にこぼれ落ちた。

佐渡小判とは、江戸にある後藤《ごとう》家金座の〝出張所〟である佐渡小判所で作られたものであり、かなり値打ちのある貴重品だった。佐渡小判は鎖国の中にあっても、東南

アジアはもとより遥か欧州まで出廻っていたものである。

「これは佐渡小判……佐渡奉行所でしか扱わぬものを、どうしてこんな所に隠してあるのだ。どうせ他にもあるのだろう」

「…………」

「盗《と》られて困るのはこれだったのか。命が狙われている訳も……」

笹倉が刀の切っ先を向けて詰め寄ったとき、ゴトッと物音がした。振り返ると、土蔵のさらに裏手に離れ屋敷のようなものが見える。すぐに笹倉が向かい、扉を開けると、土間があって、その奥は牢座敷になっていた。

鍵の掛かった格子戸の中には、数人の女がおどおどして抱き合うように座っていた。いずれもけっこう美人で、まだ若い娘だ。

「!?——この女たちは何だ……」

笹倉は驚いて、中を覗《のぞ》き込みながら、

「美形揃いだが、佐渡島の遊郭にでも売り飛ばす気か。それとも、抜け荷の代償として異国船に送り込むのか」

笹倉が振り返ると、背後に来ていた儀右衛門がカチリと音を立てた。手にしている短筒の引き金を引いたのだ。その銃口を笹倉に突き出して狙いを定めた。

「おまえも、そんなものを持っていたのか。慌てるな。見つけたのが俺で良かった」

平然と言ってのける笹倉を、儀右衛門は訝しんで見た。

「あの大久保右京という奴は、いかにも腹の読めぬ奴だ。たしかに腕は立ちそうだが、血濡れた殺気がない」

「…………」

「浪人というのも嘘であろう。何かを探るために、おまえに近づいたに違いない……真野湾の湊に漂着した難破船には、能登松波藩の藩士がいたらしいが……」

「能登松波藩……」

「藩主の使いやもしれぬ。おまえと昵懇の家老・風間官兵衛の家来ではなくてな」

「ど、どうして、そのことを……」

「知っているのかって？　だから、なめるなと言ったであろう」

一瞬の隙に、儀右衛門の短筒を、笹倉は刀で叩き落として、

「貧乏暮らしには飽き飽きでな。ここらで大仕事をしたいんだ。俺は役に立つぞ」

「――ふん……笹倉様も大概の悪党ですな」

「月に五十両。決まりだな」

ニンマリと笑って、笹倉は刀を鞘に収めた。

そんなふたりの姿を、牢座敷の女たちは激しく身震いしながら見ていた。

その頃、江戸の大河内屋敷では――。

大河内政盛があたふたと廊下や部屋を歩き廻りながら、

「おい。何処じゃ……徳馬は何処じゃ……」

まるで狼狽している様子である。

厨房の方から出てきた綾音が、どうしたことかと声をかけた。

「如何なさいました、お義父《とう》様」

「おお、綾音……おまえは母親になっても、幾つになっても、美しいのう……あ、そんなことを言ってる場合ではない。何処におるのだ、徳馬は……この数日、江戸城に行ったり来たりで、見ておらぬのだ」

「徳馬なら、佐渡に向かいましたが」

綾音が平然と言うと、政盛はキョトンとした顔で、

「佐渡……どこだ」

「ですから、佐渡島でございます」

「な、なんと！」

政盛は腰を抜かさんばかりに驚いて、声もひっくり返った。

「ど、どういうことじゃ、それは。説明をしなさい」

「お祖父《じい》様と昵懇の佐渡奉行が殺されたので、鬼退治に行くと言ってきかないので。堀田采女様には、自分もお世話になったと」

「何をバカな……本当に行かせたのか」

「はい。だって、お義父様はいつも、可愛い子には旅をさせろと……」

「まだ七歳だぞ。何かあったら、どうするのだ。母親として心配ではないのか」

「それはとても……でも、高橋《たかはし》と小松、そして佐渡吉もついておりますから、大丈夫でございましょう。佐渡吉は生まれが佐渡島の両津《りょうつ》という所らしく、島のことは詳しいそうでございますよ」

淡々と答える綾音の顔をまじまじと見て、政盛はまだ信じられぬと首を振り、

「からかっているのではあるまいな。おまえは時々、悪ふざけをすることもあるゆえ」

「本当にございます。それに行き先には、右京様もおられると思いますから、私は安心しております」

綾音が真顔で答えると、政盛は深い溜息をついて座り込み、

「――儂《わし》には到底、佐渡までは無理だ。この足腰では追いつかぬどころか、途中で死ぬのがオチじゃ……」

と嘆いたかと思うとハッとなり、手を叩いて立ち上がった。

「そうじゃ。直ちに、幕府の軍を出そう」

「お義父様、そんな大袈裟な……」

「いや。前日から、老中・若年寄の間で議論をされていたところだ。ああ、しもうた。反対をした儂が愚かだった。そうだ。その手がある。幕府軍を出して、後を追わせようッ」

思い込むと忽《たちま》ち意気軒昂《いきけんこう》になる政盛は、是が非でも実行しようと、出てきたばかりの江戸城へ舞い戻るのであった。

その頃――。

すでに江戸を発《た》って数日、徳馬たち一行は三国《みくに》街道に至っていた。この街道は、中《なか》山道《せんどう》の高崎《たかさき》から分かれて、北陸街道の寺泊に至る道である。そこから船で渡れば、佐渡はすぐである。

とはいえ、関東から越後へ抜ける三国峠は、古くからの要所だが、難所でもある。女子供の足ではきついから、徳馬は馬に乗ったり、佐渡吉におぶわれたりして、渋川《しぶかわ》や湯沢《ゆざわ》を過ぎて来た。

その深い山道の関所でのことである。

街道を遮断《しゃだん》しているだけの冠木門《かぶきもん》があり、その一帯に設けられた囲い垣の中は、わずか八十間程だが、真ん中に番小屋がある。

かような小さな関所の割には、異様なほど番人の数が多く、南北の門にそれぞれ二十人程おり、番小屋にも監視役人の伴頭《ばんがしら》や横目付らの他に、番士が十人程立って、往来する者たちを睨むように見ていた。

「次ッ――」

役人に呼ばれて、高橋が先頭で来て、小松と徳馬、そして佐渡吉たちが続いた。慣れた手つきで、通行手形を高橋が渡すと、伴頭はそれを見て、目を凝《こ》らした。横目付にも見せてから、

「どうぞ、お通り下さい」

と伴頭は丁寧な口調で言った。

通行手形は、大目付大河内家が出したものである。そこに記されている年齢や人相なども一致する。明らかに恐縮したような態度であった。

だが、最後の佐渡吉が、「あれ？」と懐《ふところ》や荷物の中を漁《あさ》りながら、

「ないな……おかしいな。これまで、何度か見せてきたのに……ない。おかしいな」

と必死に探している。

旅人は後ろにも繋がっているから、役人は急《せ》かしたが、佐渡吉は見つけることができない。

「おい。ないのか。焦らないで、ちゃんと探せ」

小松が振り返って声をかけたが、佐渡吉は荷物をその場に散らかしながらも、結局、何処にも通行手形はなかった。

「間もなく日が暮れる。後の者を先に通すぞ」

他の旅人を検《あらた》めて、手際よく通したが、その間にも、佐渡吉は見つけられなかった。日没になると関所は閉めるのが決まりである。役人たちは黙って見ていたが、

「これまで」

と伴頭が言うと、南北の木戸を閉め始めた。

「ま、待ってくれよ。ないはずはないんだからよ……」

佐渡吉は大きな体に似合わず、泣き出しそうになったが、小松が言い含めるように、

「次の宿場で待ってる。もしなければ、ここに泊めて貰え。帰りに迎えに来てやる」

と言った。

するると、伴頭が小松に声をかけた。


「帰り……何処まで行かれる」

「佐渡島だ」

「なんと、佐渡だと……!?」

異様なまでの伴頭の反応に、高橋も目を見張った。すると、役人たちが素早く集まってきて、高橋と小松、そして徳馬を取り囲んだ。役人たちは先刻と打って変わって、険しい顔である。

「――何の真似だ」

高橋が訊くと、伴頭は番小屋の見張り台から降りてきて、

「まこと、大目付・大河内様の家臣か」

「さよう。今、見せたとおりだ」

「だが、中間は通行手形がない。連れの者を置いて、通らせるわけには参らぬな。江戸へ帰るがよろしかろう」

「なに……」

「江戸への関所は通れるよう、身共が手形を出してやるよって」

「そういうわけにはいかぬ。俺たちは佐渡奉行を殺した怨霊党なる者の探索のために、

急いでおるのだ」

「子供連れでか」

「この子は、大目付・大河内右京様の御一子である。何か問題が？」

言い返す高橋を睨みつけた伴頭は、慎重な物言いながら牽制《けんせい》するように言った。

「大ありです。佐渡へは誰も入れるなと、御老中からご命令が来ておりますれば……」

それで、こんなに役人の数が多いのかと、高橋は思った。

「御老中とは？」

「小早川侍従様でございます」

「さようか。だが、大目付は御老中支配ながら、上様直々の探索ゆえ、ここは通して貰わねば困ります。それに、佐渡へ入れるかどうかは、佐渡奉行が決めること。寺泊の代官所にて諮ることであって、この関所ではないはずだが」

「そうだとしても、連れの中間は通行手形がないのですから、ここに留《とど》まって貰いましょう。よいですな」

有無を言わさぬとばかりに、伴頭が言うと、役人たちが高橋たちを乱暴に捕らえようとした。その態度に、小松が声を荒らげた。

「無礼者。田舎の小役人が、大目付家臣に逆らう気かッ」

「なんだと……！」

伴頭も俄に気色《けしき》ばんだ顔になって、

「田舎の小役人とは聞き捨てならぬ。こちらも歴とした幕臣でござる。構わぬ。こやつらは怪しい。偽者かもしれぬ。捕らえろ！」

と怒鳴った。

高橋と小松は頷き合うと、徳馬を庇《かば》いながら、躍《おど》りかかってきた役人たちを素手で投げ飛ばしたり、蹴倒したりしながら、逃げ出した。役人の数は遥かに多いが、手練《てだ》れのふたりには、まったく及ばなかった。

関所の木戸は閉まっており、中に残された佐渡吉は獣のような声で、

「おおい。待ってくれよ。俺だけ置いていかないでくれよ」

と怒鳴ったが、役人たちに取り押さえられていた。

その気になれば、元関取で怪力の佐渡吉のことである。十人や二十人、ぶっ飛ばして関所なんぞ破ってくるかと思ったが、大人しく捕まっていた。

佐渡吉を振り返った高橋は、

「それでいいぞ。下手に手を出すでないぞ」

と言いながら、役人たちを次々と殴り飛ばしながら逃げた。

徳馬も力の限り必死に走った。

しまいには役人たちは刀を抜いて、襲いかかってきたが、小松が立ちはだかって抜刀し、峰打ちでバッタバッタと倒した。その隙に、高橋は徳馬を連れて、薄暗くなってきた林に囲まれた山道を駆けていくのだった。

佐渡吉の雄叫《おたけ》びは聞こえていたが、徳馬が思い切り駆け出すと、高橋と小松は、

「速いなあ、徳馬様。そんなに突っ走ると転びますぞ。徳馬様！」

と頼もしそうに追いかけるのであった。

しかし、行く手は暗雲垂れ込め、大嵐にでもなりそうな不気味な空だった。

第三話　絶海の孤島

一

佐渡《さど》は四十九里《り》波の上――と歌われるほど絶海の孤島である。

古来、莫大《ばくだい》な量の砂金が採れることで知られていたが、天文《てんもん》年間に鶴子《つるし》銀山が見つかったことによって、富み栄える島となった。その後、相川《あいかわ》の金山が開かれると、桁《けた》違《ちが》いの金銀が産出し、慶長《けいちょう》年間には運上金が一万貫を超えるようになり、江戸幕府は天領としたのである。

このため代々続く農耕や漁労だけではなく、金山に就労する〝移民〟が数万人も住みつくようになり、独自の町々が作られた。

――金山繁盛して、京・江戸にも御座無きほどの遊山見物《ゆさんけんぶつ》遊女など充満す。

と言われるほどの大享楽街を形成したのだ。

それゆえ、金山で暮らす人々のために、莫大な量の物資が諸国から運ばれてくることになる。逆に、佐渡から産出する金銀はもとより、佐渡の特産物として竹細工や藁《わら》製品、鯣《するめ》など沢山の海産物を江戸や大坂に送って儲《もう》かった。

それを担《にな》ったのが、北前船《きたまえぶね》である。蝦夷《えぞ》と大坂を結ぶ寄港地としても、佐渡は華やかな賑《にぎ》わいを誇《ほこ》っていた。

ところが、地中深く掘ったがために湧《わ》き出てきた水の弊害《へいがい》もあって、徐々に産出が減った。文化文政《ぶんかぶんせい》を経《へ》て、天保《てんぽう》の治世になると、それまで年に三十万両もの富を生み出していたのが嘘のように衰退した。

とはいえ、まだ佐渡島全体では、十三万石の藩に相当する独立した富を形成している。事実、律令国家のもとで一時期、越後国《えちごのくに》の一部とされていた時代もあるが、本州から離れた〝独立国家〟だったのだ。

京の都から見れば、まさに遠流《おんる》の島だった。理不尽な罪によって流されて来た者も多く、怨霊党《おんりょうとう》と名乗る〝反体制〟の一味が根城とする謂《い》われもあった。

「――怨霊党の足取りは摑《つか》めたか」

赤泊《あかどまり》から離れて、相川金山に向かう道中、右京《うきょう》は鳥追い女姿の早苗《さなえ》に訊《き》いた。

鳥追い女とは、女太夫《おんなたゆう》という門付《かどづ》け芸人のことで、菅笠《すげがさ》姿で歩き廻り、三味線で弾き語りをして物乞いをする女のことである。

同じような〝節季候《せきぞろ》〟もそうだが、佐渡には流れ芸人も多く、〝春駒《はるこま》〟や〝文弥人形《ぶんやにんぎょう》〟が広がり、江戸や大坂とは違う独自の文化が築かれていた。ゆえに、鳥追い女の姿もよく見かけられた。

「それがまだ……不思議なほど、まったく分からないのです」

「おまえたちをしてもか……」

右京は歩きながら、少し離れて後ろからついてくる早苗に言った。

「ただ、他に異な事が分かりました」

「異な事……？」

「佐渡には、怨霊党とは別に、鬼火《おにび》一族という勢力があるそうです」

「鬼火一族とは、また大仰《おおぎょう》だな」

右京は、鬼太鼓《おんでこ》のことを思い出した。

鬼が太鼓の音に合わせて舞い踊る佐渡の芸能のことだ。能の舞いと太鼓の音色、独特な鬼の舞いや掛け声が組み合わさった、神秘的な芸能である。が、もちろん本場である佐渡の鬼太鼓はまだ右京は観たことがない。

早苗も鬼太鼓のことを引き合いに出した。

「……ですが、鬼火一族のことは、誰もが口を閉ざして多くを語りたがりません」

「なぜだ」

「どうやら、金山やそれに付随《ふずい》する遊郭や賭場《とば》などは、鬼火一族の支配下にあり、怨霊党とは対立しているようなのです」

「対立、な……さしずめ、ならず者同士の利権争いかな」

「相川金山は佐渡奉行支配です。にも拘《かか》わらず、その裏で抗争があるということは、右京様のおっしゃるとおりかと」

「佐渡奉行の堀田采女《ほったうねめ》殿が殺されたことと、深く関わっているかもしれぬな」

「はい。では、一足先に探りを……」

早苗は急ぎ足で、右京を追い越して峠道を廻って行き、姿が見えなくなった。

相川の町に来た右京は、目を疑った。

衰退したどころか、ここは長崎か何処《どこ》かというほど異国情緒にあふれた繁華《はんか》な町並みが広がっているからである。

佐渡は独特な地形をしており、金北山《きんぽくさん》と大地山《おおじやま》というふたつの高い山の間に、平野が開けている。その真ん中を国府川《こくふがわ》が流れており、豊かな田園風景は越後と見紛《みまご》うほどであった。それが真野《まの》湾と両津《りょうつ》湾にかけて開けており、湖もあるため、とても島とは思えなかった。

まさに、ひとつの国であった。

その平野と金北山の麓《ふもと》の間くらいに、相川金山は位置していたが、鉱山にありがちな狭隘《きょうあい》な谷間にある印象はない。たしかに険《けわ》しい山はあるし坂道も多い。だが、空は広く、果てしない海も眺《なが》められる。

その一角に――。

日本の建物とは明らかに違う、唐風なのか、朝鮮風であるのか、あるいは知らない遠い西洋の風情《ふぜい》が入り混じっているのか、色合いも不思議な町並みがあった。右京はかつて琉球《りゅうきゅう》にも行ったことがあるが、それに近い。

繁華な通りは真っ昼間から、酒場なども開かれていたが、荒くれ者はあまりいなそうだった。海風の激しく冷たい町だが、人情は穏《おだ》やかで温かいと聞いており、そのせいだろうかと右京は思った。

一見して豊かな土地柄というのは分かる。それゆえ、「金持ち喧嘩せず」の風紀が漂《ただよ》っているような感じだ。その一方で、

――大騒ぎはしてはならぬ。

という厳しい統制が敷かれているようにも見える。やはり、無宿者が水替人足《にんそく》として、連れてこられているからだろうか。

見知らぬ右京の姿を見ても、ほとんどの者が、特に気にしていない。田舎では余所《よそ》者《もの》が警戒されるものだが、やはり大勢の人々が出入りするため、江戸や大坂のように他人のことはさほど気にしている様子はない。

ある大きな料亭風の店の前に立ったときである。これまでの穏やかな空気が一変するほどの怒鳴り声が聞こえた。

「なめるんじゃねえぞ、てめえ！」

店の表に、羽織姿の主人らしき男が転がり出てきた。それを追って、数人の図体《ずうたい》の大きな連中が現れた。いずれも、朝鮮のチョゴリ風か北方遊牧民風の胡服《こふく》のようないでたちである。

その頭目《とうもく》格は、黒っぽい法衣のような着物に黒い被《かぶ》り物を頭に載せ、気味の悪い笑みを浮かべながら、鰯を噛《か》んでいる。

店の主人は仰《あお》向《む》けに倒れたまま、

「ど、どうか、ご勘弁下さいまし、黒鷲《くろわし》様……」

と哀願するように言った。

相当殴られたのであろう。鼻血で顔や手が赤くなっている。

飲食をしていた客たちは、黒鷺と呼ばれた男の姿を見るなり、黙りこくり、そのまま店から出ていく者も多かった。ざわつきは俄《にわか》に深閑《しんかん》とした森の中のようになった。

右京は、異様なまでの雰囲気の変化を感じて、黙って見ていた。

主人は座り直して土下座をすると、

「どうか、お許しを。上納金なら、只今すぐに持って参りますので」

足下にしがみついて嘆願をした。その時、主人の血が黒鷺の着物の裾《すそ》に、少しばかり付いてしまった。

それを見た途端、黒鷺は豹変して、

「今日はよ、せっかく気分良く飲んでたのに……なんだよ、これは」

ペッと鰯を吐き出すなり、主人の顔面を蹴り上げ、何度も執拗《しつよう》に足で踏みつけた。

最初の一蹴りで主人は失神したようだ。人形のように手足がぶらんとしているのに、さらに蹴り続けた。

だが、誰も止めようとはしない。目の前に起こっている惨劇が、さも遠くで起こっているかのように傍観《ぼうかん》している。

「やめないか」

思わず右京が、間に入ろうとすると、黒鷲の手下たちが一斉に殴りかかった。素早く避《よ》けながら、二、三人を小手投げで倒し、

「何をするのだ、貴様は」

と右京が顔を近づけると、バッと黒鷲は口から目潰しのような粉を吹いた。その黒鷲の顔は猪《いのしし》のようにでかく、肥《ふと》っている。

ほんの一瞬、右京が目を閉じた隙《すき》に、ドスッ――と鈍いものが鳩尾《みぞおち》に突き立った。黒鷲の青竜刀《せいりゅうとう》並みの大きな刀の柄《つか》で、鋭く打たれたようだった。

ぐらっと倒れた右京の顔面にも、膝蹴りが飛んできた。もろに受けた右京は、その場に崩れたが、黒鷲は荒々しい声で、

「邪魔すんなよ。てめえにゃ、関係ないだろうがよ」

と言ってから、再び主人に殴りかかろうとしたが、ぐったりとなっている。

「あらら。息してねえじゃん。もう死んじまってるよ……ちぇっ、つまんねえの」

まるで遊ぶのを途中で止めた子供《や》のように、無邪気に笑って立ち去った。

その後を、子分たちも当然のようについていくのを、しゃがみ込んだまま右京は見送った。その視線の先には、羽織姿の役人がいたが、黙って黒鷲たち一行が通り過ぎるのを待っていた。むしろ、軽く頭を下げたように、右京には見えた。

町人たちはホッとしたように溜息《ためいき》をつくと、主人の死体を手際《てぎわ》よく片付けてから、さっきまでの賑わいに戻り、食事や談笑を続けた。人がひとり死んだのに、まるで何事もなかったかのような、いびつな雰囲気を目の当《ま》たりにして、右京は背筋が凍る思いをした。

膝をついて立ち上がった右京は、役人姿の者に近づき、

「おぬしは、佐渡奉行所の同心ではないのか。なぜ、知らん顔をしている」

「よくあることだ」

「――よくある……どういうことだ」

「さあな」

「一体、何者なのだ。町人たちも押し黙っていたが……」

「奴が言うように、余所者が、下手《へた》に関わらぬ方がいいぞ……生きて佐渡から帰りたいのならばな」

役人は小声でそう言うと、肩を竦《すく》める仕草をして立ち去った。

「おい……！」

右京が追いかけようとすると、少し離れた所で何気なく様子を窺《うかが》っている者たちが、数人いた。いずれも鷲の嘴《くちばし》のような紋様が入った印半纏《しるしばんてん》を着ている。おそらく黒鷲

の息の掛かった連中なのであろう。

奴らが、この町を見張っているのかもしれぬと右京は思った。

「――とんだ佐渡の町だな……」

口の中で呟《つぶや》いた右京の胸には、得体《えたい》の知れぬものに対する、新たな怒りが芽生《めば》えた。

二

中心街から離れた所に、大きな中華風の門があって、その先には、吉原《よしわら》と見紛うような遊郭が並んでいた。

客の出入りは比較的自由なようだが、やはり印半纏を着た連中があちこちに立っていて、往来する客たちを見ていた。不審な奴らがいると、すぐに近づいて〝誰何《すいか》〟していた。

案の定、右京に近づいてきた目つきの鋭い、吉原の遊郭で言うなら、若い衆の牛太郎《ぎゅうたろう》風の男がひとりいた。

「旦那……どんな女が好みだい」

「――ああ、綺麗《きれい》どころばかりだな。この女たちは、何処から連れてきたのだ。異人のような顔だちのものもいるが」

右京が訊くと、牛太郎風は当然のように答えた。

「オロシアや清国《しんこく》、朝鮮からも来てやすぜ。へへ、別嬪《べっぴん》ぞろいでそそられるでやんしょ」

「そんな遠くから……誰が連れてくるのだ」

「さあ。それは聞きっこなし。でもまあ、北前船に乗ってやってくるんでさ」

「北前船……」

「遥《はる》か遠く蝦夷や択捉《えとろふ》、ぐるり廻ってオロシアや朝鮮からもね。へへ、江戸や京、大坂と違って、見た目も綺麗だし、あっちの具合もたまりませんぜ」

「そうか……それは楽しみだな」

「これは、どうでやす」

牛太郎風は一枚の木製の手形を差し出した。

「む？　なんだ」

「旦那は、佐渡に何日くらいおりやす」

「さあ、気儘《きまま》な旅なのでな」

「だったら、これなんざ、どうでやしょ。いわば、この遊郭何処でも、何度でも使える木戸銭《きどせん》でさあ」

「木戸銭……まるで芝居小屋だな」

「ああ。旦那と女とふたりきりの芝居小屋みたいなもんだ。これは一両で三日。こっちは三両で十日……好きなときに選《よ》り取り見取りで、気に入った女と遊べるんですぜ。追加を出せば泊まりも大丈夫。どうです」

「なるほど、それは随分《ずいぶん》と得だな」

「でやしょ。さあ、これでパッと気晴らしなさって下せえ」

名調子で勧《すす》めてきた〝木戸札〟だが、右京はあっさりと断った。

「すまぬな。もっと、じっくり見てから決める。何しろ、佐渡は初めてなものでな」

ぶらりと先に進み始めると、

「このドケチ野郎」

と牛太郎風は急に悪態をついた。ならず者が巣くっているのは、何処の遊郭でも似たような風景である。

右京は大して気にする様子もなく、異国風の遊郭を見て廻った。格子窓の中にいるのは、何処の国も同じなのであろうか。遣《や》り手婆《てばば》のような手合いもいて、客の呼び込みに懸命《けんめい》である。

それにしても、客足が絶えない。何処から来たのかと思えるほどの繁華振りである。それほど、北前船で栄えているということか。その船は冬場は何処かの湊《みなと》で停泊しているのだが、この佐渡にも何ヶ月か逗留《とうりゅう》する船乗りたちもいるのであろう。だから、金山の賑わいに加えて、これほどの町が栄えているのかもしれぬ。

遊郭から山手の方に石畳を歩いていくと、木造洋館二階建ての屋敷があった。このような家も長崎で見たことがあると、右京は思いながら佇《たたず》んでいると、

「あら、いい男。女を買う前に、一勝負如何《いかが》ですか」

と声をかけてくる女がいた。

これまた異国情緒なチマチョゴリのような艶《あで》やかな着物姿である。髪の結い方も、まるで朝鮮風であった。

「よろしければ、ご案内致しますよ。あの建物の中には、カジノがあります」

覗《のぞ》き込むように誘う女を見て、右京は何処かで見たことがあると思った。

「カジノ……」

「遠い国の賭場のことです。もちろん、佐渡奉行様がお許しになった所ですから、どうぞ、遠慮なくお遊び下さい」

女の顔を見ていた右京は、

――『北国屋《ほっこくや》』の座敷に来た芸者の中のひとりではないか。

とすぐに察した。大目付《おおめつけ》という仕事柄、擦れ違った者の人相も覚えているほどだ。

――ということは、怨霊党の仲間かもしれぬな。鬼火一族と怨霊党は……遊郭や賭場の利権を奪い合っているのか？

右京は勘繰《かんぐ》りながらも、女の誘いに乗って、目の前の石の階段の上にある洋館風に登っていくことにした。

振り返ると日本海の荒波が迫っている。晴れていれば遥か朝鮮半島や大陸もうっすらと見えるという。大陸から見れば、日本列島は大きな弓なりとなって、日本海を内海のように取り囲んでいる。まるで、太平洋への防波堤のようにも見える。

この女がそのようなことを知っているかどうかは分からぬが、佐渡と大陸は海路であっても、意外と近い。それゆえ北前船に限らず、沖合で異国同士で交易していても不思議ではない。いや、古来、交易をしていた時代の方が長いのだ。

建物の中に入ると、そこはまさしく洋風で履き物ごと板間に上がる。天井は高く、硝子《ガラス》でできた洋灯が並び、開け放たれた窓からは尚一層、美しい景色が飛び込んできた。

大きな広間では、右京も長崎でしか見たことがない遊技場が営まれていた。

テーブルでクラップスをしている者、トランプを捲《めく》っている者、ダーツのようなことをしている者たちが、それぞれの場で屈託《くったく》のない声を上げながら楽しんでいる。

「お武家様。大小をお預かり致します」

女に言われるまま、右京が刀を預けると、簡単な遊びだというルーレットの前に案内された。椅子に座ると、赤と黒、数字などを予想して丸いチップを置くだけだと説明された。

「丁半賭博みたいなものです。どうぞ、お賭け下さい」

二朱銀と交換したチップを、右京は適当な番号に置くと、なんと適中した。ディーラーというこの場を仕切る若い男も、吃驚《びっくり》仰天で拍手をしていた。

すると、右京の隣に、やはり朝鮮風の美しい衣装で着飾った女が来て座った。

「旦那。こんな所まで遊びに来るなんて、いいんですか。大久保《おおくぼ》右京様だったかしら」

声をかけてきた、その女は美緒《みお》だった。

――やはり、案内をしてきた女は芸者だったと確信した。

「おお、あの時の……俺は名乗ったかな」

「ええ。ちゃんと覚えてますよ」

美緒は曖昧《あいまい》な笑みを浮かべて、そっと右京の手に触れながら、

「そんなことより、盗賊退治は如何相成ったのです。赤泊とここは、それこそ異国の如く遠く離れてますが」

「いや、それがな……恥ずかしながら、賊を取り逃がしたので、コレだ」

右京が自分の首を切る真似《まね》をすると、美緒はさして驚きもせず、微笑のまま、

「あら、それは残念でしたわねえ」

「佐渡は極楽と噂に聞いてたのでな。遊郭で遊ぶ金欲しさに、まずはここにとな」

ディーラーが右京の前に、チップの山を押しやってきた。それを見た美緒は、何個かを手に取りながら、

「凄《すご》い強運の持ち主だこと……遊女なんぞと遊ばなくたって、ねえ……」

と誘いかけるように、さらに右京の手を強く握りしめた。

「美緒さんだったかな」

「覚えて下さってて、ありがとうございます」

「どうして、ここに？　博奕《ばくち》をして遊んでいるようにも思えぬが。それとも、稼いだ男を見つけて、たらし込むつもりかな」

「たらし込むなんて、そんな下品なことは致しません。でも、流れ芸者ですからね、

お座敷の声がかかれば、どこなりと参りますよ。その前に旦那……私と一勝負しませんか」

美緒はディーラーから賽子《さいころ》を借りて、挑発するような色っぽい目で右京を見つめた。

「いいだろう」

「この金、全部、賭けて下さいな。私はこの体を賭ける」

「よいのか……？」

「勝負は一回切り。大きい目を出した方が勝ちですよ。じゃあ、お武家様からどうぞ」

手渡された賽子を、右京は転がした。三と四の目が出て、合計が七である。

「まずいな……これじゃ負けそうだ」

右京が言うと、美緒は艶《つや》やかな笑みを浮かべながら、

「勝負は時の運……分かりませんよ」

と賽子を振って――目は一と五。合計は六である。

その場にいた客たちは、座興と思って見ていたが、「あっ」と声が洩《も》れた。美緒は困ったように溜息をついてから、

「まさか、まさかだわ……」

と言いながらも、右京を別室へと誘《いざな》った。

そこは、建物の一角にある料理屋の座敷のような所だった。

隣室には、赤い布団を敷き詰めた寝床まであった。明らかに博奕に勝った者を、誘惑して金を吸い取るために〝高級遊女〟が使うような部屋だった。

流れ芸者と言いながら、美緒もその類《たぐい》かと右京は疑ったが、怨霊党の仲間だとしたら、どういう意図があるのかと勘繰った。

部屋に入るなり、しなだれかかってくる美緒を、右京は軽くいなして、

「俺は女房に心底、惚《ほ》れているのでな。かような真似はできぬ」

「そんなことは聞きたくない」

と言いながら美緒は抱きついてきた。

「——わざと負けたな」

「ふたりきりになりたかったから……」

熱い眼差《まなざ》しになった美緒は、さらに口吸いまで求めてきた。

「いい男だね……『北国屋』で一目惚れですよ。もうひとりの人とは大違い」

隣室の寝床の方に誘いながら、美緒は大胆になってきた。

「好きにしていいですよ、右京様……」

「そうか。ならば、遠慮なく」

いきなり右京が強く抱きしめると、美緒は少し緊張したように硬くなった。それでも、右京は抱きしめたまま、

「――なぜだ。その気もないのに」

「え……？」

「流れ芸者というのも嘘。体まで張って、俺から何を探ろうというのだ」

「………」

「もしかして、おまえも異国から来た女ではないのか。初めて『北国屋』で見たとき、ちょっと舌足らずな女だと思ったが、こうしてまじまじと見ると、顔の彫りが深くて、まるで人形のようだ」

「恥ずかしい……言わないで下さい……」

美緒は本当に照れているようだったが、心は許していないことを、右京は分かっていた。ふいに突き放して、

「おまえたち芸者は、怨霊党と繋がっている。違うか」

と言うと、俄に美緒の表情が強張《こわば》った。

「図星だな」

「――何を言ってるんだか……」

「俺を探って、何をしようというのだ。鬼火一族と競い合うつもりか」

右京が鬼火一族の名を出した途端、美緒は強く突き飛ばすようにして離れた。

「やはり、あんたは、鬼火一族の手先なんだね！」

「ん……？　どういうことだ」

「出ておいで！」

さらに右京から離れながら声を発した。

すると襖《ふすま》が開いて、半弓や短筒《たんづつ》を持った遊女風の女たちが飛び出てきて構えた。その中には、先程、カジノに案内した者もいる。

その様子を見た右京はズイと立ち上がり、

「なるほど……あの夜、『北国屋』の命を狙いに来た賊どもか。座敷に来ていた芸者衆も仲間かとは思ったが、おまえたちが怨霊党そのものだったとはな」

と言った。

「黙りなさい。『北国屋』は鬼火一族とつるんで、金のためなら何でもやる悪党です」

美緒が言うと、他の女が声を荒らげた。

「佐渡奉行を殺したのも、あんたたちだろう！」

「なんだと。どういうことだ」

「惚《とぼ》けるな！　私たちの名を騙《かた》って、襲いかかって殺したのは、先刻承知なんだよ」

別の女が怒鳴ると、右京は困惑したように手を掲げて、

「待て。ならば佐渡奉行を殺したのは、怨霊党ではないのか」

と問いかけた。

訝《いぶか》しげに美緒は、右京を睨《にら》みつけた。何か言いたげに口を歪《ゆが》めたが、

「——そうか……そういうことか……」

と右京の方が声を洩らした。

「おまえたちは、俺と笹倉《ささくら》を矢で射ようと思えばできたはずだ。だが、威嚇《いかく》をしただけ。殺そうとはしなかった」

「…………」

「江戸で聞き及んでいた、問答無用の凶悪な手合いには見えなかったが……なるほどな、それで腑《ふ》に落ちた。佐渡奉行は別の奴らに殺されたのか……しかし、誰が一体、何故《なぜ》……」

疑念に首を傾《かし》げる右京を、女たちも不審そうに見やっていた。が、美緒がまじまじと右京を見据えながら、

「あなたは、本当に鬼火一族の仲間じゃないのですか」

と訊き返したとき、サッと奥の扉が開いて、廊下に人影が立った——『北国屋』主人の儀右衛門《ぎえもん》である。

三

「茶番はそこまでだよ」

儀右衛門の手には短筒があり、ゆっくりと部屋に踏み込みながら、

「あの夜の芸者たちが怨霊党だったとはな……私としたことが迂闊《うかつ》だった。美緒とやら、おまえには、すっかり騙《だま》されたよ」

「…………」

「さあ、大久保右京様とやら……今度こそ、その女どもを始末して下さい」

忌々《いまいま》しげな目つきで儀右衛門が言うと、右京は咄嗟《とっさ》の判断で、美緒たちを逃がそうとした。明らかに、儀右衛門には殺意があったからである。

「ここは俺に任せて……」

右京が美緒たちを追いやろうとしたとき、ヒュンと短い矢が飛来して、近くの柱に

鋭く突き立った。

振り向くと——裏庭に、黒鷲が手下たちを連れて、ぶらりと現れた。洋弓のボーガンのような武器を手にしている。

黒鷲は、くちゃくちゃと鯣を嚙みながら右京を見て、

「おまえかよ……儀右衛門。こいつは、なんだか知らねえが、おまえのことを探ってるんじゃねえのか」

と言った。

すると、儀右衛門もほくそ笑んで、

「分かってますよ。笹倉先生も同じようなことを言ってました。店に来たときから、どうも変だと思ってたんだ。でね、こっちもすぐに調べましたよ」

「…………」

「浪人と言ったが、それは噓で、能登松波藩の藩士だとか……ところが、それも噓……うちは能登松波藩とも、深い付き合いがあるのでね、ええ……家老の風間《かざま》官兵衛《かんべえ》様には長年、お世話になっております」

儀右衛門は右京に短筒を向けながら、

「今、この相川には、風間様の用人、佐竹《さたけ》様が来ておいでです。お会いになります

か」

と言うと、黒鷲の手下たちの後ろから、佐竹が現れた。

右京と佐竹は面識がない。だが、佐竹は、郡奉行《こおりぶぎょう》の田淵《たぶち》から報せ《しら》を受けており、その風貌なども聞いているため、右京の正体が誰かということも察している。その右京が佐渡に渡ってきたことも分かっている。

しかし、その素性をあえて、佐竹は言わずに、

「かような家臣は、我が藩にはおらぬ」

と断言した。

「では、おまえは誰なのだ」

目を細めた儀右衛門が、短筒の銃口を向けると、右京は女たちを庇《かば》うように立った。

「大目付・大河内《おおこうち》右京だ」

凛然《りんぜん》と名乗りを上げると、儀右衛門はふははと大笑いをして、

「なに、大目付だと……あはは。言うに事欠いて、今度は、大目付か、ふはは……ならば、ますます死んで貰《もら》わねばならぬなあ。私は、この男を……女どもは、黒鷲様、お任せしましたよッ」

と言いながら発砲しようと引き金を引いた。

が、寸前、美緒が放った半弓の矢が、儀右衛門の腕を掠《かす》めた。短筒はダンと一発音がしただけで、床に落ちた。

それが合図になって、黒鷲たちは一斉に、右京と美緒たち怨霊党の女たちに斬りかかった。右京は大小の刀を預けたままだが、敵のひとりから、すぐに太刀を奪い取って、反撃した。

それでも黒鷲は余裕で鰑を嚙みながら、

「さてと……どの花から散らしてやろうかなあ……でも、勿体《もったい》ないなあ。大将の美緒ってのか、こいつにはむしゃぶりつきてえ」

と言いつつも、洋弓の矢を美緒に向かって放った。

かろうじて、その矢を叩き落とした右京は美緒たちを押しやった。

「早く逃げろ！」

右京の声に呼応するかのように、美緒たちは一斉に駆け出した。女たちも、それなりに戦い慣れているようだ。代官所に押し込んだのは事実らしい。その動きは女とは思えぬほど素早く、力強かった。

矢や短筒で威嚇しながら、美緒たちはその場から、開かれたままの窓から身を乗り出して逃げ去った。

だが、その行く手にも、黒鷲の手下たちが何人も待ち伏せていた。いずれも印半纏を着ていて、長脇差しや匕首《あいくち》を手にしている。逃げてくる女を斬り殺すつもりである。

「ヒャッホー！　殺せえ！　怨霊党をぶっ殺せえ！」

常軌を逸したような声で叫びながら、襲いかかってきた。

今度は美緒が、女たちを庇って、矢面に立った。

「おまえたち！　私が相手になります！」

美緒は小太刀を抜き払うと、まるで中国剣法のようなしなやかさで、斬り込んでくる黒鷲の手下たちと斬り結んだ。その鮮やかな剣捌《けんさば》きは、相手の肘や膝などを確実に打った。が、戦闘意識を失わせるだけで、致命傷は与えなかった。

離れた所から見ていた右京も、驚くほどの腕前だった。

だが、多勢に無勢、女たちは徐々に、石段の端の壁に追いやられた。その前に立った黒鷲は、「ひゃひゃひゃ」と不気味な声を発しながら、青竜刀のような大きな刀を抜き払って振り上げた。

「危ないッ！　避けろ！」

右京が駆けつけてきて、振り下ろされる前に太刀で受けたが、

——バキン！

あっさりと折れてしまった。

折れた刀を投げつけると、黒鷲の太股を掠って、僅《わず》かに傷つけた。

「なんだよなあ……せっかく着替えたばかりなのによう。また血で汚しやがって。てめえ、許さねえからな」

青竜刀を振り上げると、やけっぱちのようにブンブンと振り廻した。その切っ先が、右京の顔面すれすれに轟音《ごうおん》を立てて、空《くう》を切ってゆく。一寸で見極めている右京の動きは、蝶のように軽やかだった。

「本当に怒らせやがったな。死ねいッ」

黒鷲が大上段に構えた青竜刀を振り下ろすと、近くにあった建物の庇《ひさし》の柱を切った。途端、屋根が落ちてきた。

危うく下敷きになりそうになった右京は、横合いに転がりながら懸命に逃げた。が、その一瞬の隙に、黒鷲は右京ではなく小太刀で戦っている美緒に向かって、洋弓を握り直して、矢を射《う》ち放った。

——シュッ。

命中したかと思った寸前、別の女が美緒を庇って的となった。グサリともろに胸に矢を受けた女は、その場に崩れた。

「お、おきく……おきく！」

美緒は驚愕しながらも、おきくという女を抱きしめた。

右京も手下たちを斬り払いながら、美緒の側《そば》に駆け寄った。だが、黒鷲の手下たちは、また数が増えており、右京と女たちをズラリと取り囲んだ。

その時である。

三人の若い衆が「待て待て」と駆けつけてきて、黒鷲の手下たちを蹴散らすように追っ払った。町人にしては屈強な体つきで、顔は日焼けして真っ黒で、喧嘩慣れをしているように見えた。

若い衆はいずれも、鮮やかな朱色の印半纏を着ており、『丸に五』という屋号か家紋が入っている。

それを見た黒鷲は、「アッ。その家紋は！」と硬直した。

「よせ――」

手下たちに手を引くように、黒鷲が言った。それまでの猛獣のような黒鷲が、猫のように大人しくなった。

若い衆の後から、ゆっくりと歩いて来たのは、上品な羽織姿の商人だった。

やはり顔は日焼けしているが、髷《まげ》はほとんど白く、還暦はとうに過ぎていると思われた。決して体格は良くなく、表情も穏やかだが、妙に落ち着いた態度と目つきには、人を怯《ひる》ませる雰囲気が漂っていた。

「――こ、これは、銭五《ぜにご》……銭屋五兵衛《ぜにやごへえ》様ではありませぬか」

声を掛けたのは儀右衛門だった。下にも置かぬ態度で恐縮していた。

それはそうであろう。銭屋五兵衛といえば、わずか一代で、日の本《ひのもと》一という巨万の富を築き上げ、〝海の百万石〟呼ばれた大商人である。銭屋五兵衛が千石船なら、佐渡を牛耳《ぎゅうじ》る『北国屋』であっても艀《はしけ》にもならない。

『銭屋』は越前朝倉《あさくら》氏の末裔と称しているが真相は分からない。ただ、初代が金沢で商売を始めてから、両替商を始めとして、醬油醸造やら古着屋、米の仲買など手広く扱っていた。

五兵衛も家業を継いでいたが、おんぼろの質流れの船を利用して、海運業を始めたのは四十近くなってからのことである。その頃はまさか、今のような大商人になるとは誰も思っていなかった。だが、加賀《かが》の米を蝦夷へ売り、その帰り船で、蝦夷や出羽《でわ》などの木材や海産物を運ぶ商売で大成功を収めた。

夏も冬もない。荒い日本海で命がけで廻船業を営んだ五兵衛は、儲けた莫大な金で次々と新しい大船を買い、取引相手を増やして、湊まで自ら造った。廻船を通して、松前《まつまえ》、津軽《つがる》、酒田《さかた》、越前《えちぜん》などを支配下に収め、さらには大坂の米相場に関わるほどの大商人となり、加賀藩の財政改革にも大いに手を貸したのである。

水野忠邦《みずのただくに》による天保の改革においては、加賀藩の巨大な御用金を引き受けた。その代わり、藩の御手船裁許《おてふねさいきょ》を取り付けた。〝加賀百万石〟のお墨付きをもって、鵞眼銭《がんぜに》印《じるし》と加賀梅鉢紋《うめばちもん》を旗印とした千石船を、日本中の海に帆走させたのであった。なんと持ち船二百艘《そう》余り、諸国の出店は三十数ヶ所もあり、三百万両という巨万の富を築いていた。

――海に関所はない。

というのが、銭屋五兵衛の口癖だったという。

五兵衛は儀右衛門の顔を見るなり、

「久しぶりに佐渡に立ち寄ってみたら、こんな騒動に遭遇するとは……『北国屋』さん、商人がならず者の真似事はいけませんな」

加賀弁とはまた違う、おっとりとした金沢言葉で言った。京や大坂の言葉の影響を受けているのだろうが、花街言葉のように独特な響きがある。能登や越中《えっちゅう》富山とも雰囲気が似ており、五兵衛の言葉遣いだけを耳にすれば、荒海を乗り越えてきた人間には感じない。

「この騒ぎ、なんや知らないけど、私に引き取らせてくれますな」

「え、はい……銭屋五兵衛様に仲裁に入って戴ければ、有り難いことでございます」

卑屈にすら見える儀右衛門の態度に、右京も目を丸くしていた。

「では、そうさせて貰います」

「申し上げておきますが、その女どもは、世を騒がせている怨霊党一味でございます」

「それもこちらで調べます」

「は、はあ……」

肩透かしを食らったように、儀右衛門は首を竦めて、

「それにしても、銭屋様がなぜここに……」

「いけませんか。私のお店《たな》も屋敷もありますしな。それに……佐渡奉行の堀田采女様が襲われたとかで……前田《まえだ》宰相様も大変、心配なさって、様子を見てこいとな」

「さようでございましたか……荒海の中、お疲れ様でした」

「船はゆりかごみたいなものや。それにしても、物騒な男はあなたの用心棒かいな」

五兵衛はチラリと黒鷲を見やった。

「いいえ、その人は……うちの店というより、佐渡島の用心棒みたいなもので、他に青《せい》

蛇《じゃ》、白虎《びゃっこ》、赤鬼《あかおに》と合わせて、佐渡四天王と呼ばれております。もちろん、佐渡奉行の堀田様もお認めになっておられました」

「佐渡四天王……これはまた大仰な……なんだか、しばらく来ていない間に、物騒になっているのだねえ」

黒鷲は俯《うつむ》いたままであった。絶対に銭屋五兵衛には逆らえない、という態度であった。それは、儀右衛門にしても同じで、それほどの大人物であることを物語っていた。

そんな様子を――。

少し離れた屋敷の陰から、笹倉が凝視していた。

「銭屋五兵衛……ふむ。とんでもない大物が出てきたものだ……そして、あの若侍が大目付だとは……やはり佐渡島では、得体の知れないものが蠢《うごめ》いているようだな……俺が睨んだとおり、佐渡奉行の死の裏にも、何かあるに違いない」

笹倉は口の中で呟いていた。

四

その洋館から石段を下りた小さな入り湊に面して、銭屋五兵衛の佐渡屋敷があった。

一見して商家風だが、屋敷の中にはやはり、異国船から買ったと思われる象牙《ぞうげ》や焼き物などの逸品が沢山、並んでいた。

銭屋の屋敷内、離れの一室に担《かつ》ぎ込まれたおきくという女を、町医者が手当てしていたが、弓は深く胸を剔《えぐ》っている。もはや手の施《ほどこ》しようがなかった。

「――おきく。しっかりして、おきく……」

美緒が懸命に声をかけるが、もはや虫の息で、

「良かった……美緒さんが、ご無事で……」

「ごめんね。私のために」

「……美緒さん、後は……後は……どうか、みんなを、助けて……そして、お、お姫様らしく、この国の平和を……」

と最期の言葉を吐いて、息絶えた。

「おきく！　おきくゥ！」

女たちは亡骸《なきがら》に縋《すが》りついて、絶叫するように泣いた。中でも、おたねという年配の小肥りの女は、怒りが頂点に達しており、まるで能面の〝橋姫〟のような怖い顔になって、

「私はもう絶対に許さない。一刻も猶予《ゆうよ》がならない……ねえ、美緒さん！」

しまうよ」

と詰め寄った。

「佐渡奉行所の役人たちは、鬼火一族の言いなり、公儀の偉い人たちもあてにならない。このままじゃ、隠し金山に無理矢理、連れて行かれた亭主たちだって、殺されてしまうよ」

おたねは立ち上がって、他の女たちに必死に訴えた。

「そうじゃないのかい、みんな。命をかけて亭主や親兄弟を助けないと、この佐渡は地獄だ。私たちの国が滅びてしまう」

代々、先祖が住んで暮らしてきた佐渡島のことを、島の女たちは〝本土〟とは違う「国」だと思っている。自分たちも佐渡の自然の恵みと伝統を受け継いできたという自負もある。だから一致団結していた。

「私たち女の手で、なんとか助けるしかないんだ。もう誰も頼りにならない。泣いているときじゃないんだ」

力説するおたねに、悲嘆に暮れていた女たちの目にも、わずかに力が湧き上がってきた。美緒も大きく頷《うなず》いたが、別のお才《さい》という女が声をかけた。

「私も頑張りたい。みんなで平穏無事に暮らしたい。でも、美緒さんだけを頼ってちゃいけないよ。だって、美緒さんは……」

と言いかけると、美緒の方から制止するように、

「いいのよ、そのことは……私を受け容《い》れてくれて、大事にしてくれていることに感謝してます……だから、余計な心配は無用。みんなで一致団結して、頑張りましょう」

意気軒昂《いきけんこう》な物言いと決意に満ちた美緒の表情に、女たちは力強く頷いた。

そんな様子を、隣室から見ていた右京が声をかけた。

「美緒さんに向かってお姫様らしく……と、おきくが言ったように聞こえたが、何処その姫君なのかな」

「それは……」

余所者には言いかねる——というような顔で、女たちは振り向いた。美緒も同じような表情である。黒鷲たちから助けてくれたとはいえ、まだ全幅の信頼は置いていない顔だ。

「それに、隠し金山と言ったが、相川の金山とは別の所にあるのか」

右京がしつこく問い質《ただ》そうとすると、

「それらのことなら……」

廊下から、五兵衛が声をかけた。

「私がお話ししましょう。大河内右京様……あなたの名は、加賀藩主の松平宰相様《まつだいら》から聞いておりますし、実は、お父上とも一度だけですが、お目にかかったことがあります」

「父と……」

「はい。随分と若い頃ですが、私も生意気盛りでしたから、喧嘩を吹っかけました。ですが、あの〝かみなり旗本〟ですから、こっちはすっかり縮み上がりましたがね」

そう言いながらも、楽しそうに右京の顔をまじまじと見て、

「お父上よりも優しそうなお顔立ちですが、信念はかなり強そうですね」

と笑った。

無数の海の荒くれ者と競い合ってきたから、初対面でも人の気質などが読み取れるのであろうか。五兵衛は、亡くなったおきくのことを丁重《ていちょう》に葬《ほうむ》ると約束して、右京を別室に誘った。

その部屋には、見慣れない絨毯《じゅうたん》があり、その上に洋風の食台と椅子が置かれていた。日本では飲めない葡萄酒《ぶどうしゅ》という、血の色をした酒もあった。五兵衛は美しい彫刻硝子の器に自ら注《つ》いで、右京に差し出して、

「さっき、おたねが洩らした隠し金山というのは、幕府直轄の相川金山とは別物で

す」

「やはり、あるのですか」

「はい。ご存じのとおり、慶長年間から家康《いえやす》公の所領となり、佐渡では北山《ほくさん》と呼ばれている金北山で金脈が発見されてから、御公儀の財源となってきました。毎年七百斤《きん》近くの金、一万貫の銀が掘り出されました……私も北前船で日本海をはじめ、日本中の沿岸を走ってますが、それほどの金山銀山は他にありません」

「ですな。だが、湧き水によって……」

「ええ。鉱脈を残しながら閉鎖した坑道もありますが、そもそも枯渇《こかつ》に近い状態だったと思います。産出も年々、減ってきておりましたから、早晩、金山はなくなるのではないかと、島民たちも不安でした」

「新しい鉱脈を見つけたのですか」

右京は身を乗り出して訊いたが、五兵衛は首を横に振りながら、

「――との噂です」

と気のない返事をした。相川金山とは別物だと話したことと矛盾するではないかと、右京は思ったが、黙って聞いていた。

「噂ですが……何処かにあるのは間違いなく、事実、それらは掘り出され、異国の船

と取引している輩《やから》がいるとのことです」

「異国の船……」

「そりゃそうです。隠し金山ですからね、この国で売り捌くことは、なかなか叶《かな》いますまい。しかし、この日本海は清国や朝鮮のみならず、オロシアやエゲレス、メリケンなどの他に何十ヶ国もの異国船が往来しています。鎖国をしているのは日本だけですからな」

五兵衛も異国へ行ったことがあるのであろう。加賀藩に黙認されて密貿易をしているという噂は、江戸にも聞こえていた。目の前の家具調度品や酒を見ても分かろうというものだ。

「ですが、一体、誰が隠し金山を掘っているのか。その場所すら、ハッキリとは分かっていないのです」

「そんなバカな……」

「およその所は分かっておりますよ。あの山の何処かにはあるのです。ですが、そこは鬼火一族というのが支配しており、おいそれと人々は近づけないのです」

指さす切り立った山は、まるで斧で断ち切ったように二つの頂きに分かれ、天を突きさすように聳《そび》えていた。

「鬼火一族、な……」

早苗から聞いたことを思い出し、右京がその奇っ怪な形の山を見上げると、五兵衛は情け深い声になって、

「その何処かに、島の男たちは……いや、他の地から連れて来られた者たちも働かされていると聞いております。ですが、この銭屋五兵衛にして、その地に踏み込むことはできていないのです」

「………」

「先程の女たちは、ほとんどが漁師の妻や娘たちですが、亭主たちが拐《かどわ》かし同然に連れ去られました。おそらく、隠し金山で働かされているものと思います。ですから、亭主を取り戻したいから、ああして代官所などに訴えていたのです」

「それが怨霊党……」

「自分たちで名乗ってるわけじゃありませんがね……ですが、なかなか見つからない。それどころか、盗賊扱いされました。もっと私が手を貸してやらねばならぬのですが……」

まるで自分の責任であるかのように、五兵衛は言った。自分の持ち船の水主《かこ》たちの中にも、同様に攫《さら》われた者もいるから、お上《かみ》に対して懸命に救済を訴えていたのだ。

「私とは昵懇《じっこん》である佐渡奉行・堀田采女様も、隠し掘りを憂慮《ゆうりょ》して探索をしてくださっておりましたが……そんな矢先、佐渡奉行は殺されてしまいました。怨霊党のせいにされて」

「…………」

「このままでは、佐渡は生き地獄に晒《さら》されることになりかねませぬ。大目付様の探索のためなら、私にできる限りのお手伝いをさせて戴きますので、何なりとご命令下さい」

佐渡屋敷の番頭や手代、船番らが数十人いるから、役立てたいとのことだった。

「鬼火一族とは、どういう輩なのです。先程の黒鷲と関わりがあるのですか。遊郭や賭場を差配し牛耳っているのが、鬼火一族らしいが」

「そのとおりです」

当然だとばかりに五兵衛は答えると、右京はすぐに問い返した。

「ならば、先程、俺たちが助けに入ったとき、黒鷲を問い詰めればよかったのではありませぬか。相手はあなたに対して、まったく口出しできぬ相手だという態度でしたが」

「黒鷲なんぞは、佐渡四天王と名乗っているが、下っ端も下っ端……あんなのを相手にしていたら、黒幕を逃がしてしまうかもしれませぬからな」

「黒幕……それが誰か、あなたは目星をつけているのですね」

「まさか。まったく分かりませんよ」

　五兵衛は自分はそれほど大物ではない。ただの商人に過ぎないと言った。〝海の百万石〟と呼ばれ、加賀藩を動かしている者が、謙《へりくだ》る姿勢は、あまり気持ちいいものではない。むしろ相手を見下しているようにも感じる。

「私はただ、佐渡奉行の堀田様の命を奪った者が憎いのです」

　憎々しげに五兵衛はそう言って、右京を真剣な眼差しで見つめ、

「あなた様もそうなのでは、ありませぬか」

　と訊いた。

「ええ。父とは気心が通じておりましたし、もちろん俺も世話になりました。この手で捕らえた上で……抜け荷の一団も摘発するつもりです」

「抜け荷……」

　その言葉に、五兵衛は敏感に反応した。右京が挑発しているとでも思ったのであろう、鋭く見つめ返して、短い溜息をついた。

　銭屋五兵衛が密貿易をしているのは、〝公然の秘密〟というやつで、幕閣も承知し

ていた。ただ、加賀百万石が後ろ盾になっているため、大上段に刀を振り上げることができないだけだった。薩摩《さつま》が琉球を通して清国などと交易しているのを黙認しているのと同じである。

だが、五兵衛は大目付相手に隠すどころか、まるで密貿易をしているのが当然の如く、

「海に、関所はありませんよ」

という持論を展開した。

「もちろん御法度《ごはっと》であることは百も承知でございます。しかし、それは人の交流を阻止するものであって、物流は必ずしも禁じてはいないのではありませぬか」

「…………」

「だからこそ、長崎にだけは湊を開いている。これは、幕府が交易を独占していることに他なりませぬ。そうでございましょ。大目付様を相手に釈迦に説法ですが、この佐渡は元々、ひとつの国でした。幕府が出来る前から、この日本海では、越前、越中、越後、出羽の国々と大陸の国々とが、堂々と交易していました」

五兵衛は滔々《とうとう》と流れるように話し続けた。

「正直申しまして、私は交易をせねば、この国は世界から取り残されると思います。

物の流れだけでは駄目で、人の交流がとても大切です。鎖国などというのは、幕府が諸大名が富を蓄《たくわ》えるのを恐れてのこと……江戸幕府が開かれてから二百三十年余り。もはや槍《やり》を向ける藩などいないと思いますが」

「………」

「それよりも、異国人との交流こそが……そういう意味では、美緒は犠牲者なのです」

意外な話に変わったので、右京は首を傾げた。

「どういうことですか」

「あの女は、実は……清国に滅ぼされた〝胡蘭《こらん》〟とかいう小国のお姫様らしいのです」

「えっ……」

右京はその国が何処にあるかも知らなかった。清国と朝鮮の間の数万人の国だとは聞いたことがあるが、清という超大国に飲み込まれたのであろう。

「私も助けるまでは知りませんでした」

「助ける……」

「ええ。うちの北前船が、数年前、漂流している商船を見つけて助けたのです。大嵐に遭ったとき、船頭や水主たちは波に攫われていたらしく、わずかの荷物と数人の女だけだったといいます」

「女だけ……」

「男たちは勇敢で、何とか船を沈ませないようにしたのでしょうな……うちの船に乗り移らせて、この佐渡に立ち寄ったのです。その時はもちろん、何処の誰か分かりません。女たちは言葉もまったく通じませんでしたからね」

「………」

「ですが、落ち着いてから話を聞いていると、父親である国王や重臣たちは殺され、国を追われて行く当てもなく逃げていたとか」

「そんなことが……」

「ですから、私が佐渡に留《とど》めました。加賀に連れ帰れば、それこそ異人を入れた国禁《こっきん》によって、幕府に責められるでしょうからな。もちろん、佐渡は天領ですが、江戸からは遠く離れているし、流民のような者は幾らでもいますから」

痛ましい顔になる右京に、五兵衛は優しさの中にも鋭利なものを秘めながら、

「こういう者たちを救うのも、大目付様の務めではないかと、私は思います……余計なことを言いました」

「いや。俺も長崎はもとより、薩摩や琉球で垣間見た異国人の姿に、同じ人間同士仲良くできないものかと思いました」

「別に喧嘩はしてませんでしょ」

五兵衛は苦笑しながら、

「いずれそういう時代が来るでしょうな。昔は自由に海を渡れたのですから」

と大海原《おおうなばら》の方に目を移して、燦《きら》めく波を眩しそうに眺めていた。

だが、右京はまだ銭屋五兵衛という人物を、何となく摑みきれないでいた。『北国屋』儀右衛門や黒鷲などの様子を見ても、佐渡においてもただならぬ者であることは間違いない。

――もしや、隠し金山を支配する黒幕とは自分のことではないのか……。

とすら右京は勘繰りながら、葡萄酒を口にした。

遠くから聞こえてくるうねりの音と、切り立った山に谺《こだま》する野鳥の声が、異様なほど不気味に響いていた。

五

こんもりと繁った山中に、ひっそりと組まれた逆茂木《さかもぎ》があった。

その門前には、槍や鉄砲を抱《かか》えた番卒が数人、四方を見廻しながら歩いている。逆茂木の中には、幾つか櫓《やぐら》がある。そこにもふたりずつ番人がおり、周辺や柵内にある隠し金山の敷地や坑道の入り口などを見張っているようだった。

近くの藪道《やぶみち》を、右京が歩いてきた。あの後、五兵衛から詳細に話を聞き、手代を道案内として細い山道を登ってきたのである。

どこにでもある鉱山の風景である。だが、塀の高さと、見張りの多さが異様な雰囲気を醸《かも》しだしていた。

「中まで確認をしたわけではありませんが……この辺《あた》りは、相川鉱山の鉱脈と繋《つな》がっていると、昔から言われていた所です」

手代がそう言いながら、〝砂金金山図〟を広げて見せた。金山役場から奥には、峠坂山、立残山、杉平山、荒神山、虎丸山などが広がっている。が、右京たちがいる所は、海に近い大山祇《おおやまづみ》神社近くだという。

伊予《いよ》の大三島《おおみしま》にある大山祇神社を総本社とする神社で、歴代の朝廷や武将から尊崇を集めた〝大山積神〟を祀《まつ》っており、慶長年間に、大久保長安《ちょうあん》が金銀山の鎮守として勧進《かんじん》したものである。いわゆる山の神だ。

「この一帯の金山は、石見国《いわみのくに》から来た山師に教えられた〝坑道掘り〟という技で、同時に複数の鉱脈を掘っていたそうです。そのため、排水も出来ていたそうですが、やはり深く掘れば掘るほど、水が溢《あふ》れてきて……」

どうしても水替人足が必要になったと、手代は話した。

相川は、金山の奉行所を中心に京町、米屋町、味噌屋町、材木町、炭屋町など、商売に応じた三十余りの町と千軒以上の屋敷があり、大変な賑わいである。が、目の前にある坑道付近は、潮騒の音は聞こえるものの、ただの森の中だった。

灌木《かんぼく》を潜《くぐ》るように山道を登り、少し高台になっている所に来ると、眼下の柵内にある隠し金山の様子がよく見えた。やはり見張り役が大勢いて、鉱夫たちが寝泊まりする粗末な長屋が数棟、山裾の日陰にあった。

一角には、湯煙が濛々《もうもう》と出ている小屋があって、そこでは金銀の精錬が行われているという。端出場《はでば》という坑道の出入り口からは、モッコを背負った男たちが頻繁に出入りしている。金銀の混じった鉱石を担ぎ出しているのだ。その鉱石を精錬小屋脇の粉砕所まで運んでいた。

「もしかして、あの鉱夫たちが、おきくやおたねらの亭主なのか」

右京が訊くと、手代は頷いて、

「そうだと思います。もちろん、越後や越中、それに能登などからも、連れて来られた者がいると思いますが」

「ならば、ここに代官所の役人を派遣して、きちんと調べるべきではないか。肝心の本坑の金が枯渇しかかっているというのに、誰か分からぬ者が、この金鉱を掘っているのは、まさに盗み掘りではないか」

「その探索をしていた最中に、佐渡奉行様が殺されたと聞いております」

「ふむ……」

右京はすぐにでも乗り込んで、隠し掘りの頭目を引っ張り出そうとしたが、これまで何度も乗り込んだ代官役人の中にも、行方不明の者がいるという。

「大目付様とて怖がらないような輩が潜んでいるかもしれません。どうか、お気を付けて下さいまし」

手代が心配そうに言ったとき、モッコを背負っていた男が何人か一緒に倒れた。足を鎖で繋がれているらしく、ひとりが転ぶと将棋倒しになるようだ。鉱石がドサ

ッと落ちたため、見張り番が笞《むち》を打ちつけて、

「グズグズするな。怠けると飯抜きだぞ！」

と怒声を浴びせている。

「あいつらッ……」

たまらず右京が駆け下りようとすると、足下の鳴子の紐《ひも》に触れて、ガラガラと音が鳴った。とっさに、右京と手代はしゃがみ込んだが、俄に見張り番たちの動きが激しくなった。

その時である。

脇道からひょっこりと、頰被りをして天秤棒を担いだ男が出てきた。なかなか立派な体軀《たいく》だが、歩き方からすると老人だった。

天秤棒を担いだ老人は、隠し金山の門前まで来ると、頰被りを取って、

「毎度、お世話になっております」

と低姿勢で声をかけた。

その顔を見て、右京は思わず「アッ」と声を洩らしそうになった。

その顔は、父親の政盛《まさもり》に、あまりにもそっくりなのである。職務上、変装をして敵に近づくことは、かつてやっていたことだ。

「まさか……こんな所にまで……！」

右京はそっと山道を下って門の方に近づいていったが、手代は「見つかったら殺されますよ」と怯《おび》えながら、その場にしゃがみ込んだまま動かなかった。

門前では、政盛に瓜二つの老人が、腰を折って頭を丁重に下げている。

「今し方、何処かで鳴子が鳴ったが、おまえが触れたのか」

番人が訊くと、老人は首を横に振りながら、

「へ？　儂《わし》には、なーんも聞こえなんだが……近頃、耳が遠くなったかのう」

「おまえはこれまでも、何度も鳴らしたからな。途中、怪しい奴は見かけなかったか」

「いいえ。いるとしたら猿か猪でしょ」

「減らず口を叩くな」

「口はひとつしか、ありませんがね。へえ、毎日、ご苦労様です。新しいのを持って参りました。どうぞ、お使い下さいまし」

老人の担いできた天秤棒の吊り籠には、真新しい草鞋《わらじ》がドッサリ入っている。鉱山で働く者たちは、岩場のような急斜面を上り下りするので、すぐに草鞋が傷む。だから、老人は頻繁に取り替えに来ているようだ。

番人は面倒臭そうな顔で、門の傍《かたわ》らにある籠を指した。土で汚れた草鞋が、山のように入っている。

「使い古しは、そこだ」

「へえ。分かっております……おうおう、こりゃ大漁、大漁」

満面の笑みを浮かべて、老人は深々と頭を下げてから、天秤棒の籠と取り替えた。

「しかし、おまえも変わり者だな。古いのを持ち帰って、新しく作ったのを、こんなに沢山、只で置いていくとは」

「金のお山で働いてくれている鉱夫や、あんたらお役人のお陰で、わしら佐渡者は食っていける。本当にあんたらが一番偉いんじゃ。これくらいのことしねえとバチが当たるわい」

「殊勝《しゅしょう》な心がけだ。ほれ、たまには……」

役人が小銭を投げると、老人は飛びつくように拾って袖に入れた。

「ありがたや、ありがたや」

「この場所のことは、誰にも言うなよ。言ったら分かっておるな」

「内緒ですよ。私の楽しみですから」

「なに、楽しみ……？」

「はい。皆さんに喜んで貰えたら、それが一番、嬉《うれ》しいんですわい」

深々と頭を下げると、古い草鞋の入った籠を天秤棒に吊り下げて、立ち去るのであった。それを見送る番人は、

「ふん。貧乏人が……食ってるのは残飯か」

と鼻で笑った。

老人が細い山道を帰っていると、横合いの藪道から、いきなり飛び出してきた右京に、声をかけられた。

「父上。やはり、父上ではありませぬか」

「――なんじゃ……びっくらこいた。猪かと思うたがや」

腰を抜かしそうになるところを、老人は必死に踏ん張っていた。

その老人の顔を、右京はまじまじと見つめ、頭から足先、背中に廻ってみたりして、まるで値踏みするように眺めた。

老人は訝しげに後退《あとずさ》りしながら、

「おまえは誰じゃ……儂のこの面が、そんなに珍しいか」

「――いや、いつも見ている顔だ」

「からかっておるのか」

「いや。本当に父上ではないのか。あまりにも似すぎている。変装して佐渡に潜《もぐ》り込んでいるのかと思った」

「儂は権六《ごんろく》という百姓じゃ。お侍とは縁がない」

権六と名乗った老人は、先に行こうとしたが、右京は引き止めて、

「俺にも草鞋《わらじ》を分けてくれぬか。このとおり、磨《す》り減ってってな」

と足下の雪駄《せった》を指した。

だが、権六はあっさり「ねえ」と答えた。駕籠の中には沢山あるから、

「その襤褸《ぼろ》でもいい。俺の雪駄よりもマシなようだし、鼻緒も切れかかっていてな」

と右京は覗き込んだが、権六は先に進みながら、迷惑そうに断った。

「おまえ様にやる草鞋なんぞねえ。こんな小汚いものをお侍に渡したら、それこそバチが当たる。ごめんなさいよ」

右京は追いかけながら、籠の中を覗き込んで、

「――なるほど、そういうことか……まさに金の草鞋だな……この草鞋に付いている金粉を集めれば、相当な金になる。爺《じい》さん、すっ惚けてるが、只者ではないな」

と声をかけたが、権六は素知らぬ顔で、

「とっとと行きな。この辺りをうろついていると、ろくな目には遭わねえぞ」

「あの隠し金山には、あの門からしか入れないのか」

右京の唐突な問いかけに、権六は思わず自慢げに返した。

「いや、そんなことはねえ。儂はこう見えてもムジナの権六といってな、昔は金脈の露頭探しの名人だったんじゃ……」

言いかけて、権六はアッと口を塞《ふさ》いで、改めて右京を振り向いて、

「おまえさん、一体、何を考えてるんだ。鬼火一族に喧嘩を売るつもりかい」

「やはり隠し金山は、鬼火一族が仕切っているのか」

「——あんた。何処から来たのか知らないが、鬼火一族になんぞ関わらねえ方がいい。悪いことは言わん。とっとと帰った方がええ」

と声を潜め、気にするように周囲を見廻して、ひょこっと脇道に入った。

追いかけようとしたが、隠し金山の方でダダダンと鉄砲のような音がしたので、思わず振り返った。

見ると、役人たちが鉱夫や水替人足たちを威嚇していた。どうやら逃走を図った者たちが脅されて連れ戻されているような様子だった。下手に手を出すと、皆殺しにでもしそうな危なっかしい雰囲気である。

「——おい、今のは……」

と脇道に入って、権六を追いかけようとしたが、藪道ばかりで姿は消えていた。

「あっ……なんだ……？」

狸《たぬき》にでも化かされたような気がした右京だが、今一度、金山を振り返ると、怪しげな黒い雲が峰々に広がっていた。

六

その隠し金山の一角なのか、何処かは分からぬが、洞窟のような薄暗い中に、まるで城の広間のような場所がある。

佐渡島と日本海、さらには朝鮮や清国の地図を模したような襖絵や、無数の帆船が海原を埋め尽くしているような屏風絵《びょうぶえ》が並んでおり、いずれも金粉がふんだんに埋め込まれている。

黄金の海の中に、大きな塔のような城があり、天からは目映《まばゆ》いばかりの光を浴びている絵が描かれた衝立《ついたて》もある。

その前の椅子に座っているのは、やはり金粉をちりばめた羽織と着物を纏《まと》った、怪しげな男である。あまりにも薄暗く、簾《すだれ》の奥にいるため顔ははっきり見えないが、膝の上には黄金の髑髏《されこうべ》を置いて、おどろおどろした怪しげな雰囲気である。

「始末できなかったのか」

その男が洞窟に反響するような、不気味な声で言った。

目の前には、黒鷲が正座をしており、恐縮したように答えた。少し声は震えている。

「は、はい……大目付と名乗る侍と銭屋五兵衛が現れたもので、女たちは命拾いをしました……あの女たちは亭主が留守なので、体が日照り続きだろうから、ちょいと湿り気を与えてやろうと思ったんですがね、へへ」

「余裕だな」

「あ、いえ、申し訳ありませんでした。次は必ず……」

黒鷲がそう答えた次の瞬間、簾の男は膝の髑髏を撫《な》でた。すると、髑髏の目玉から、音もなく五寸釘のような針が飛び出した。それは、簾の隙間から飛来して、黒鷲の喉元ギリギリの鎖骨近くに突き立った。

「うぎゃッ！」

悲鳴を上げ、ハッと我に返ったような黒鷲は、すぐに土下座をして、

「お、お許し下さい……どうかお慈悲を、お慈悲を……」

冷や汗を流しながら頼み込んだ。

だが、男は髑髏を愛《いと》おしそうに撫でているだけである。今にも次の針を発し、喉仏を突き抜くと威嚇しているようだ。

「お願いでございます。今一度、機会を与えて下さいませ」

「――その侍共々、怨霊党の女どもを早く皆殺しにしろ。銭屋五兵衛は捨て置け」

「はい。命に代えましても……」

打ち震える黒鷲に、髑髏を持つ男は、

「次はない」

と低い声で言った。

黒鷲は平伏したまま頷いたが、それを取り囲むように部屋の隅には、三人の男たちがいた。他の〝佐渡四天王〟である。青蛇、白虎、赤鬼だ。それぞれの色に応じた袖無し羽織や鎖帷子《くさりかたびら》を着けており、総髪や坊主頭で異様なほど目つきがギラついている。仲間であっても無慈悲に殺すという冷徹な表情である。その視線を感じながら、黒鷲の体は震え続けていた。

実は――。

ここは、隠し金山の何処か、奥深くにある鬼火一族の本拠地である。

それゆえ、何処からか岩を掘っている鑿《のみ》の音が微《かす》かに聞こえている。まるで、それそれが子守歌であるかのように、髑髏の男は気持ち良さそうに笑みを湛《たた》えた。

洞窟の岩を隔てた所にある深い坑道では、油灯りだけの薄暗い狭い中、大勢の鉱夫たちが鎚《つち》と鑿だけで鉱石を掘っていた。

トンカン、トンカン、規則正しく鑿を打つ響きに混じって、時折、人の溜息や唸《うな》り声が洩れていた。鉱夫たちの頭上にある監視場からは、荒々しい番人たちの罵声のような声が飛んでくる。

「休むな！　死にたいのか！」

鉱夫たちは見るからに疲労困憊《こんぱい》しており、汗を拭う力も失っているようだ。足が縺《もつ》れるのも無理はない。

それでも、数人の番人たちは、相手が足を鎖で繋がれていて自由でないのをいいことに、乱暴に笞や竹刀で打ちつけた。悲鳴を上げながら倒れる鉱夫たちを、まるで牛馬のように扱っている。もし死んだとしても、何処かに埋めて棄《す》てられるのがオチなのかもしれない。

その鉱夫たちの中に、半裸の大柄で屈強な男がいる——なんと、佐渡吉《さどきち》だ。

「チクショウ！　なんだよ！　俺が何をしたッつうんだよ！　出してくれよ！」

力の限り怒鳴り上げる佐渡吉に、頭の上から番人の声がかかった。

「静かにせい、新入り！　でないと、殺すぞ！」

「ああ、殺せッ。こんな所で無宿者扱いされるなら、死んだ方がマシだ。佐渡島は俺の故郷だ。まさか、こんな目に遭うとはよ」

「黙れというのが分からぬのか」

「関所で因縁つけたのは、こういうことだったのか！　越後のあちこちでも、俺みたいに無理矢理、連れて来られた奴がいるが、おまえら何者だ！　こちとら、大目付様の中間《ちゅうげん》だぞ。痛い目に遭うのは、てめえらだ」

「これ以上、四の五の言うと本当に殺すぞ」

　頭上から小石が飛んで来て、ゴツンと佐渡吉に当たった。

「やろう！」

　立ち上がろうとした佐渡吉だが、横にいた男が繋がれた鎖に引っ張られた勢いで倒れた。男は佐渡吉にしがみつくように、

「よせ。逆らうな。俺たちまで殺されて海に棄てられる」

　どうやら同じ鎖で繋がれている数人は、連帯責任のようだ。

「我慢するしかない。今は、我慢するしかねえんだ」

「いや。俺がぶっ殺してやる、あんな奴らなんか。目にもの見せてやる」

佐渡吉は足下の鎖を握ると、怪力でグニャリと曲げ、輪っかを引き千切った。だが、それだけではまだ外れない。それを見ていた男は目を丸くしたが、

「やめとけ……そんなことを言えるのは今のうちだ。水も飲めないくらいへたばって、へたばり続けて……てめえが人かどうかも分からなくなるんだ……けど、我慢していれば、逃げる隙は必ずできる」

「………」

「俺は、負けねえ……おたねに……女房のおたねの所に帰るんだ、必ずな」

「——女房がいるのか」

「ああ。だから、こんな所で死ぬわけにはいかねえんだ」

「そ、そうだな……俺もせっかく佐渡まで帰って来たんだから、おふくろの顔くらい見て江戸に戻りてえやな」

思い直して働こうとする佐渡吉が、落とした鑿を探していると、隣の男が拾って手渡してくれた。

「俺も佐渡生まれの佐渡育ちで、政吉《まさきち》ってんだ。絶対に逃げ出そうな。だから、短気はならないぜ、な……」

「分かったよ」

佐渡吉も頷き返して、せっせと掘り続けたが、役人たちの怒声は坑道中に何度も谺するようにガンガン響いていた。

その夜――。

寝泊まりする小屋の中で、佐渡吉は目を覚ました。板間に筵《むしろ》を敷いただけの粗末な所で仮眠を取らされているのだ。

他の者たちは疲れが重なって熟睡している。動こうとしたが、ここでも足枷《あしかせ》の鎖は他の者と繋がれており、寝返りが打てない。それどころか厠《かわや》まで同行しなければならない。飯も腐ったような粥だけで、家畜以下の扱いだった。

佐渡吉は緩んでいた鎖を力任せに引っ張ると、飴《あめ》のように曲がって外れた。そっと政吉たちから離れると、

「必ず助けに来るからな」

と囁《ささや》いてから、抜き足差し足で小屋の出口まで来た。

外には番人がふたりいるが、篝火《かがりび》の横で、夜中だから油断しているのか、うつらうつらしている。だが、夜中でも坑道内ではトンカンと掘削作業が続けられており、取り囲む塀の櫓には見張り番が目を凝らしていた。

大きな体の佐渡吉が下手に動くと目立つに違いない。小屋の陰に隠れながら、慎重

に歩みを進めた。篝火に当たらないように避けていたが、立ち小便をしていた番人と、出会い頭にぶつかった。

「あっ――！」

番人は声を上げようとしたが、その前に口を塞いで、首をコキッと曲げて失神させた。そのまま捨て置いて、裏手の塀に向かった。そこは山陰になっていて、登るのは難儀そうだったが、幸い格子になっているから、摑み易《やす》そうだ。

近づくと、そこにはやはり見えにくい細い紐が張られていて、沢山の鳴子と繋がっている。慎重に跨《また》ぐと、塀はすぐそこだ。さらに外にある逆茂木を越えれば、外に出ることができる。

見張り番たちは、主に坑道の方に目をやっているため、小屋の裏手は丁度、死角になっていた。塀を乗り越え、逆茂木まではわずか二、三間《けん》だ。二重にしているのであろうが、あまり意味がないように思えた。

ところが、ドスン――大きな佐渡吉の体が落ちた。落とし穴があったのだ。しかも、そこには竹槍を逆さにしたように立てたものも置いてある。幸い体に命中しなかったが、下手をすれば串刺しになっていた。

明るければ妙な盛り土となっているので、気をつけたかもしれないが、急いだために不覚を取った。しかも、ご丁寧に鳴子の紐にも繋いであった。

カランカランと小気味よく鳴り響いた。番人たちが一斉に龕灯《がんどう》を掲げて、音がした方を見た。佐渡吉は落とし穴から必死に這《は》い上がって逆茂木の方に向かった。並みの男ならば、穴の上に手は届かず、力任せに上がることもできなかったであろう。

「向こうだ、向こうだ！　小屋の裏だぞ！」

見張り番の誰かが声を上げたが、佐渡吉は忍び返しがついている逆茂木に、体を傷つけながらも懸命にしがみついた。

「追え、追え！」

すぐに威嚇する鉄砲の音が聞こえたが、佐渡吉は死力を尽くして逆茂木を乗り越え、外にドテッと落ちた。その姿を、眩しいくらいに龕灯や提灯《ちょうちん》灯りが照らしたが、佐渡吉は山道の方に一目散に走った。

「もっと松明《たいまつ》を増やせ！　探せ！　絶対に逃がすな！」

意地になって叫ぶ番人たちの声がして、門脇の番小屋からも、十数人の番人たちが一斉に追ってきた。

「裏山に逃げたぞ。構わぬ、殺してしまえ！」

その声に呼応するかのように、鉱山の裏手の高台にある番小屋からも、数人が飛び出てきて行く手を阻《はば》んだ。構わず佐渡吉は猪のように突進し、番人たちを蹴散らした。

だが、その中のひとりが鎖を投げつけ、佐渡吉の足に絡ませた。

前のめりに転倒した佐渡吉は、這い上がろうとしたが、頭の上から投網のようなものが襲いかかってきた。

「——うわっ……！」

身動きが取りにくくなった佐渡吉に、番人たちがドッと近づいてきた。足掻《あが》けば足掻くほど投網は閉まっていく。力任せに引き千切ろうとしても、思うようにならなかった。

番人頭らしき男が来て、

「貴様ッ。この地獄から逃れられると思うなよ」

と抜刀して投網越しに斬り殺そうと振り上げ、勢いよく佐渡吉に斬りかかった——

その寸前、何処から飛来したのか、ブスッと番人頭の肩に矢が突き立った。

番人頭は悲鳴を上げて仰向けに倒れたが、他の者たちは助けようともせず、警戒して逃げるように散った。

そこに駆けつけてきたのは、旅姿の高橋《たかはし》と小松《こまつ》であった。ふたりは走りながら刀を抜き払い、番人たちを蹴散らすように豪剣を振るった。逃げるのは放置したが、逆らってくる者たちは遠慮なく斬った。

所詮は烏合《うごう》の衆なのであろう。番人たちは、二、三人が斬られると、背中を向けて一斉に逃げ出した。それを見届けてから、高橋が刀を一振りすると、ハラリと投網が裂け落ちて、佐渡吉の姿が現れた。

「!?——た、助かった……」

「まさか、こんな所まで連れて来られていたとはな」

高橋が言うと、小松も苦笑いで、

「とんだ里帰りだな」

「いやあ……あの関所に捨て置かれて、どうなるかと……あ、俺のことより、徳馬様は如何なされたのですか」

「そこにおられる」

小松が指さすと、大樹の陰から姿を現したのは、弓を抱えた徳馬だった。

「おお。ご無事で何よりです……あ、もしや今、矢を射って助けてくれたのは……」

「はい。私です。心の臓を外して射るのは意外と難しかったです」

「あ、ありがたや……」

佐渡吉が涙ながらに土下座をすると、

「中間が主君に助けられてどうするのです。これからは、しっかりとして下さいよ」

と冗談交じりに徳馬が言った。

「ハハア」

もう一度、土下座をすると、何処からか梟《ふくろう》が鳴く声が聞こえた。いや、これは、近くにいる鵜飼孫六《うかいまごろく》であろう。ホウホウと鳴きながら、道案内を始めた。

「急げ。敵は人手を増やして追ってくるに違いない」

梟の声がする方に、高橋と小松たちは、徳馬を守りながら、急ぐのであった。

七

鵜飼孫六に案内されたのは、銭屋五兵衛の佐渡屋敷であった。滞在中の右京は、徳馬の姿を見て吃驚仰天した。

「――一体、どういうことだ……」

高橋と小松が答えようとすると、徳馬が自ら毅然《きぜん》と、

「ご心配をおかけし申し訳ありません。お祖父《じい》様には黙って来ましたが、私がどうしても父上の後を追いたいと申したら、母上が許して下さいました」

「なんと無茶なことを……」

「はい。〝かみなり旗本〟の孫ですから、これくらい何でもありません」

「しかし、俺が佐渡に来てなかったら、どうするつもりだった」

「それならそれで、私が大暴れするまでですよ」

無邪気に笑いながら、徳馬はこれまでの経緯《いきさつ》を話した。越後の関所で佐渡吉と別れた後は、寺泊《てらどまり》まで一目散に来て、赤泊湊に渡り、佐渡奉行所まで向かったという。

「ですが、佐渡奉行所では、こちらの身分を明かしても、私たちは陣屋にすら入れて貰えませんでした」

徳馬が話すと、高橋が続けて、

「どうやら、佐渡奉行所内はすでに、鬼火一族とやらに牛耳られており、役人たちも言いなりになっているようです」

と言うと、右京もすでに承知していた。

「やはり、怨霊党が佐渡奉行を殺したというのは嘘で、対立している鬼火一族が手にかけたのであろうな。怨霊党というのは、さる国の元姫君が頭となって、鬼火一族に戦いを挑んでいたようなのだ。隠し金山に奪われた亭主たちを取り戻すためにな」

右京の話を受けて、佐渡吉が声をかけた。

「そうなんですよッ。俺は殺されそうになりました」

「あ、おまえもいたのか」

「酷《ひど》いなあ……こんなでかいのが目に入ってないわけがないでしょ」

「いや。徳馬だけしか見えなかった」

「──冗談はそれくらいにして下さい。本当に俺は殺されそうに……」

大きな図体のくせに、半分泣き出しそうなほどの声で、佐渡吉は隠し金山の様子を伝えた。狭い坑道内の悲惨な掘削作業や、人間扱いされていない状況を伝えて、

「あれは佐渡金山とは別物です。鉱脈は繋がっているそうですが、誰かは知らないけれど、闇将軍のような者がいて、この大きな島を支配しているようです」

「闇の支配、な……」

「佐渡だけではありません。俺を捕らえたように、越後のあちこちの関所や代官所、あるいは郡奉行などにも、鬼火一族の魔の手が及んでいるかもしれません」

懸命に佐渡吉は悲痛な顔で訴えた。

「男だけじゃねえ。坑道で聞いた話だが、あちこちの村娘なんかも攫われて、この島の遊郭に連れて来られているとか。その手先として、『北国屋』っていう廻船問屋の名も出てました」

「うむ。俺も『北国屋』の主・儀右衛門に近づいたが、危ない目に陥ったところ、銭屋五兵衛さんに助けられた」

　右京が嘆息すると、高橋と小松がこれからは自分たちが守ると言った。他にも大河内家の家臣は数人、同行しているという。もちろん、徳馬に万が一のことがあってはならないからである。

「いずれにせよ、隠し金山を操っている鬼火一族の闇将軍とやらを引きずり出さねばなるまい……孫六、早苗、おるか」

　立ち上がった右京が障子戸を開けて、中庭に声をかけると、宵闇の植え込みの陰に、ふたりの姿が見えた。鵜飼が囁くような声で、隠し金山の中の様子は探ってはいたものの、奥深くまではまだ分かっていないと伝えた。

「やはり、おまえをしても、まだハッキリせぬのか」

　珍しく右京の顔に、焦りの色が浮かんだ。

「おそらく、隠し金山の中の何処かに、闇将軍なる者の隠れ家があると思います。〝佐渡四天王〟と呼ばれている者たちは、かなりの腕利き揃いらしく、その上、冷徹です。探索も慎重になさった方が宜《よろ》しいかと」

「おまえにしては弱気だな」

「右京様の身の上を案じてのことでございます。此度《こたび》の一件の裏には、抜け荷や隠し金山の話の他に、まだ何かありそうな気がしてならないのです」

「ならば……こっちから仕掛けるしかあるまいな」

「仕掛ける……？」

「うむ。おまえたちは、佐渡吉の言う闇将軍なる者の居所を摑んでくれ」

「ハッ――」

鵜飼と早苗がひらりと翻って、屋敷から飛び出していくと、入れ替わりに渡り廊下から、銭屋五兵衛が血相を変えて駆けつけてきた。両手を掲げながら、

「右京様。まずい奴らが来ました。ささ、お逃げなさいませ。裏手には逃げ道があります。急いで下さい」

と言ったが、右京はまったく動ぜず、

「何がありましたかな。俺は誰からも逃げも隠れもしませぬ」

「いや、しかし……」

五兵衛が逆らおうとしたが、生半可な数ではない武装した一団が、押し込んできた。いずれもすでに刀を抜き払っており、槍を突き刺さんと構えている。

右京がおもむろに立ち向かうと、高橋と小松が横に立った。

「そこな浪人！」

　武装団の頭目格がズイと前に踏み出して、あえて浪人と呼んだが、大目付であることは百も承知である顔つきだった。

「私は、能登松波藩家老・風間官兵衛様用人、佐竹主水である。ご家老より、召し捕れとの命令が来たゆえ、同行せい」

　佐竹は何が何でも連行するつもりで、強い口調で言った。高橋と小松が前に踏み出そうとしたが、右京は止め、自ら前に出た。

「風間殿なら俺も会うておる。能登に行ったときから、俺の命を狙っていたようだが、まだ懲りずにかような真似をするのか。佐竹とやら、おまえが佐渡にて何やら悪さに加担していることは、こっちも調べておる」

「なんだとッ」

「後ろにいる奴らは、おまえの手下ではあるまい。鬼火一族の頭領……闇将軍とやらの手の者ではないのか」

「えっ――！」

　バレていたのかという顔で、佐竹が一瞬、たじろぐのへ、右京は言った。

「そもそも、能登松波藩の者が、何故、天領で捕り物の真似事をするのだ。それとも、ここはもはや天領ではなく、鬼火一族の国とでも言いたいのか」

「うぬ……ええい、構わぬ。こやつらを皆、召し捕れ。いや、殺しても構わぬッ」

と命じると、手下たちが一斉に、躍りかかろうとした。

その前に、両手を広げてズイッと出たのは、五兵衛であった。

「おいおい。人の屋敷に勝手に踏み込んできて、乱暴狼藉《ろうぜき》とは何の真似だッ。この大河内右京様は私のお客様だ。無理無体を働くというなら、この銭屋五兵衛が相手になる！」

まるで侠客《きょうかく》のように立ちはだかった。その形相《ぎょうそう》は、商人の顔ではなく、まるで戦国武将のような凄味と迫力があった。

「私を敵に廻すということは、加賀百万石と戦をするということだ。その覚悟があってのことだろうな」

すると、佐竹は苦笑して、

「加賀百万石がなんだ……江戸幕府がなんだ……おまえたちこそ俺を舐《な》めるなよ」

居直ったように目が鋭くなり、五兵衛や右京たちを睨み返した。

「能登松波藩家老の風間の用人として潜り込んでいたが、あやつは抜け荷を捌かせるために利用していただけ。さよう……俺は鬼火一族のひとりだ。この佐渡の闇将軍を支える者だ。驚いたか」

「別に驚かぬ。佐渡入りした俺を常に見張っていたのは、おまえであろう。浦役人も支配下に置いているようだが、『北国屋』儀右衛門もしかり……俺を殺したいのは、幕府を恐れているからに他ならぬ」

「黙れッ」

「そっちから正体を現したのなら、一手間省けた。こっちも遠慮なく暴れさせて貰う」

右京が腰の刀に手をかけたときである。

「控えろ、控えろ！」

声があって、中庭に現れたのは——誰あろう、能登松波藩の藩主となった鷹太郎《たかたろう》であった。頭もキチンと殿様髷《まげ》に結っており、白綸子《しろりんず》羽織姿で腰には刀を差している。

一見して、右京には分かったが、佐竹は誰だと振り返った。

「おまえが仕えし風間官兵衛は、己《おの》が悪行をすべて話し、潔く切腹した。むろん、奴もおまえが、佐渡の鬼火一族、闇将軍なる者の手下であることを承知の上で、用人にしておったこと、すべて白状した」

「……誰だ、おまえは」

「能登松波藩藩主、秋月《あきづき》鷹太郎……能登守を継いだばかりだ」

「なに……」

佐竹には何のことだか分からない。風間の子を藩主に据え、佐渡島を根城とした鬼火一族の隠し金山や抜け荷の処分をさせようと考えていただけだからだ。しかも、鷹太郎のことは耳にはしていたが、まさかもう継いでいるとは、思ってもいない。

「——お、おまえが藩主になろうと、この佐渡は我らが領地だ。何の関わりがある」

「我ら能登松波藩には、幕府より、ここ天領の佐渡島を探索せよとの命令が下っておる。その大河内右京様と一緒にな。その前に、おまえはまだ我が藩の家臣だ。藩主として命じる。切腹をして、風間の後を追え」

「な、なにをバカな……」

苛《いら》ついてきた佐竹はいきなり抜刀し、鷹太郎に斬りかかった。だが、寸前、小松が駆け寄り、その刀を弾《はじ》き飛ばし、腕を斬った。佐竹はその場に崩れて、

「うぎゃ……」

と叫ぶと、必死に立ち上がり、

「ひ、引け……引け……覚えておけよ。必ず、目にもの見せてやる」

情けない声ながら必死に恫喝《どうかつ》してから逃げ出すと、威勢良く踏み込んできた手下た

ちも一緒に退散していった。

五兵衛は手代らに「塩を撒《ま》いとけ」と命じてから、

「あやつらは鬼火一族でも下っ端の下っ端ですな……右京様。決して、相手を舐めてはなりませぬぞ。私も痛い目に遭ったことがありますからな」

「痛い目……それは、どのような……」

「いえ、そんなことより、驚き桃の木……！」

誤魔化すように言って、五兵衛は鷹太郎のもとに駆け寄って、

「藩主になられた、いや戻られたという噂は、本当だったのですな……ええ、金沢のお殿様から聞いておりましたがな……まさか、あの『恵比寿屋《えびすや》』のぼんぼんが……なんともまあ」

と懐かしそうに手を取った。

「こちらこそ、ご無沙汰ばかりで申し訳ありません。縁あって能登松波藩に帰った限りは、やはり商売で豊かな国にしたく思います。銭屋さんには、これから色々と助けて貰いたいことがありますから、どうぞよしなに」

「何をおっしゃいますやら。こちらこそ、ご贔屓《ひいき》にお願いしますよ」

年は孫ほど離れているが、五兵衛は懐かしい旧友と再会したかのように喜び、

「まさしく千客万来ですな。右京様、皆様、一緒に、鬼火一族を倒して、佐渡に平和を取り戻しましょうぞ」

と自らを鼓舞するように言った。

右京も思いがけぬことに笑みを返していたものの、

――何かが違う……。

と感じていた。

それは五兵衛のことでもあるし、鷹太郎が右京の後を追って来たことに対してでもあった。たしかに、悪党退治の駒は揃ったような気はするが、右京はまだ五兵衛という人物に全幅の信頼は置いていない。

商人は利がある方に転ぶが、それとも違う。もっと大きな不安とも違う、不思議な感覚を右京は抱いていた。

そんな右京を見上げながら、

「父上。ここが正念場でございますぞ。敵はすぐそこ。矢で狙えば届く所。ですが、狙った的を外せば、次の矢はありませぬぞ」

と徳馬が何か意味ありげに言った。その口調が、なんとなく政盛に似ていたので、右京は苦笑した。それを五兵衛も感じたのか、

「さすがは、〝かみなり旗本〟のお孫さんですな。〝ひょうたん旗本〟のお父上に意見をしておる。あはは」

と愉快そうに笑った。

ほんのひととき和《なご》やかな雰囲気が漂ったが、相変わらず金山の峰には暗雲が垂れ込めたままであった。そして、潮騒の音はますます大きく迫ってきていた。

第四話　疾れ北前船

一

江戸城の閣議では、未《いま》だに公儀の軍勢を佐渡《さど》に送るかどうかを議論していた。かくも判断が遅く、話が煮詰まらないのは、佐渡島が遠く離れているからであろう。

だが、そこは幕府の天領であり、大切な金山である。にも拘《かか》わらず、公に軍を派遣するとなれば、越後《えちご》や越中《えっちゅう》など周辺の藩や派遣途中に通る武蔵《むさし》の国々も無用な警戒をするに違いない。侃々諤々《かんかんがくがく》の話し合いが一向に収束しないのは、幕府重職が無能の集まりであるからに他ならない。

特別に臨席している大河内政盛《おおこうちまさもり》も、元大目付《おおめつけ》として苛々《いらいら》と様子を窺《うかが》っていた。その堪忍袋の紐が切れたかのように、

「まだ、さようなことを言うておるのですかな、小早川様《こばやかわ》」

と政盛はかつてのような野太い声を発した。

名指しされた老中の小早川侍従は、腹立ち混じりに舌打ちをして、政盛を振り向いて睨《にら》みつけた。

「上様のご意向を笠に着て、隠居した者が口出しをするのは、もうやめたら如何《いかが》かな。もし、ご一同がみな賛成をしなくとも、この際、身共《みども》の権限で断固、佐渡に軍勢を送る。それが何より、佐渡奉行の供養になるからだ」

「さてもさても……」

政盛は呆《あき》れたように微笑を浮かべて、

「佐渡に公儀の軍勢を送って、一体、何をしたいのですかな」

「決まり切ったことだ。佐渡奉行を殺した者を捕らえ、刑に処するのだ」

「それならば、拙者の倅《せがれ》も出向いておりますし、越後の代官らも応援を派遣しておるそうです。たしかに、奉行職にある者が殺されたことは、幕府の威信に関わることですが、小早川様がおっしゃっているのは、子供の喧嘩に大人が出るようなものです」

「なんだとッ。それは違うぞ、讃岐守《さぬきのかみ》」

怒りにかまけて声を荒らげる小早川に、政盛も毅然《きぜん》と返した。

「不適切な言い方ならば謝ります。しかし、下手人を捕らえて処罰するのであれば、そこまで大袈裟《おおげさ》にする必要はありませぬ」

「こうしている間にも、事態は悪化しているやもしれぬのだぞ。怨霊党《おんりょうとう》なる輩《やから》が、さらに悪行を重ねぬとも限らぬ。奴らは人を人とも思わぬ恐ろしい盗賊一味だ」

梃子《てこ》でも引かぬという態度の小早川に、政盛は射るような目つきで尋ねた。

「怨霊党とは何でござろう」

「なに……?」

「小早川様は見てもいない怨霊党のことに、やたら詳しいですな」

政盛は一同を見廻しながら、右京《うきょう》に随行している密偵からの報《しら》せが届いたと言って、幕閣連中に披露した。

もちろん、鵜飼孫六《うかいまごろく》の手下のことだが、伝書鳩を利用して、一昼夜で緊急の報せを送ることができる。さらに、間違いなく届けるために、飛脚のような速さで、出先から江戸まで〝伝馬《てんま》〟を使うこともあった。

「まだ内密にしておきたかったのですが、どうやら佐渡には、相川《あいかわ》金山とは別に、隠し金山があるようなのです」

「――なんだと……まことか!?」

幕閣たちは一様に驚いたが、小早川だけは冷ややかに見ていた。その小早川を、政盛はひと睨みしてから、まるで現職の大目付さながらに、堂々と明瞭に言った。

「はい。その隠し金山を牛耳《ぎゅうじ》っておるのは、鬼火《おにび》一族という者たちで、まだ正体はハッキリとはしておりませぬが、怨霊党とは対立をしているそうです」

「対立……佐渡島では、さような恐ろしい集団が戦っているというのか」

老中首座の水野忠邦《みずのただくに》が身を乗り出して訊《き》くと、政盛は小さく頷《うなず》き、

「まあ、落ち着いてお聞き下さい……」

と右京から報されたことを伝えた。むろん詳細は分からないが、怨霊党が代官所を襲ったり、佐渡奉行を殺したのではないことを伝えた。その上で、政盛は続けた。

「怨霊党とは、隠し金山に連れて行かれた亭主や親兄弟たちを、助けたいがために立ち上がった女たちの集まりだとのこと」

「まさか……」

水野は首を横に振ったが、政盛は想像を交えて言った。

「つまり、今のところ考えられるのは、隠し掘りをしている鬼火一族のことに気付いた佐渡奉行が、何らかの動きをした。それがために、鬼火一族に殺されたのではないか……ということです」

「思い込みで話していると、大怪我《おおけが》をするぞ」

小早川が訝《いぶか》しむように言うと、その顔を凝視して、政盛は訊き返した。

「はて、何故《なぜ》、思い込みだと？　これは佐渡に乗り込んでいる右京が報せてきたことです。それが間違いとでも」

「そうは言うておらぬ。鬼火一族とやらが殺したのならば、ますます捨て置けぬではないか。佐渡島を我が物にしているとしたら、それこそ幕府軍を送って駆逐せねばなるまい。何故、おぬしは反対ばかりしておるのだ」

責め立てるように小早川は言った。政盛は凝視したまま、

「あなたが関わっている節《ふし》があるからです」

と明瞭な声で言った。

一瞬にして、その場がざわつき、水野はギラリと小早川を睨んだ。

しかし、唐突に名指しされ、鬼火一族と関わりがあるなどと誹謗《ひぼう》された小早川は、落ち着いた声で政盛に向かって、

「何を言い出すかと思えば……それも思い込みによる発言か。証《あかし》もなく、さような出《で》鱈目《たらめ》を申すとはな。老中・若年寄の寄合の場である。ただでは済まぬぞ」

「証……ですか……」

政盛はフッと噴き出すように苦笑してから、さらに幕閣一同を見廻した。

「右京が越前《えちぜん》、能登《のと》、越中、越後辺りに出向いたのは、密貿易……抜け荷一味を探索するがためでした。まさか佐渡金山に、隠し金山があるなどとは、思うてもみませなんだ。しかし、ご一同、驚きなされましたが……」

と小早川に目を留めて、

「御老中。あなた様だけは、まったく動じなかった。前々から、ご存じでしたか」

「何を言う。身共も驚いた」

「そうでしたか。だとしたら、やはり軍勢を送り込まねばなりませぬな」

「…………」

「送り込んで、鬼火一族とやらは退治し、隠し金山を奪い取るがよろしかろう。そのために派遣をするならば、私も賛成です」

政盛は喧嘩を吹っかけているようだが、誰にも真意は測りかねた。

「――大河内……何が言いたいのだ」

水野が水を向けると、政盛はしかと頷いて、

「佐渡奉行の堀田采女《ほったうねめ》は、私とも昵懇《じっこん》でしたが、赴任してからは一度たりとも文が届いたことがありませぬ。こちらからは何度も送っていたのだが、まったく……」

と首を横に振った。

「便りのないのは良い便りとは言いますが、少し心配になったので、実は前々から、銭屋五兵衛《ぜにやごへえ》を通じて、調べて貰《もら》っていたのです。五兵衛とは昔馴染《むかしなじ》みでしてな」

「何をだ。身共には佐渡の様子などを記したものを、三月《みつき》に一度は文にて報せてきておるが」

「そのあなたが、〝佐渡奉行殺し〟に関わっている節があります」

政盛が言うと、水野が庇《かば》うように、

「何故だ。堀田は小早川が可愛がっていた忠実な部下だぞ」

「銭屋五兵衛の調べでは、ここ二、三年の間に、小早川様の腹心の部下が何度も佐渡に渡っておりますな。しかも極秘に」

その政盛の言い草に、小早川はわずかだが気色《けしき》ばんで言い返した。

「当たり前のことだ。身共は幕政を預かる身分である。表沙汰に出来ぬ事案は幾らでもある。それゆえ、伊賀者《いがもの》も使えるのだ」

「しかし、佐渡でよからぬことをしたから、堀田に見つかることを恐れ……」

「殺したというのか」

今度は水野が口を挟むと、政盛は大きく頷いて、

「その証拠を隠蔽《いんぺい》するために、小早川様はしきりに越後や佐渡に軍勢を送ろうとしているのではないか……と推察できることがあったのですが、どうやら、それも違うような気がしてきたのです」

「どういう意味だ」

水野は急《せ》かすように訊いた。小早川はもはや何を言っても無駄だと思ったのか、呆れた顔をしているだけである。

政盛は、銭屋から前に送られてきたという帳簿の写しを、水野に差し出した。

「これは、五兵衛が分かる限り書き留めたものですが、佐渡金山三十万両を遥《はる》かに上まわる百万両に価する金が、すでに密《ひそ》かに捌《さば》かれているとのことです。この中から、わずか一万両程ではありますが……小早川様、あなたにも流れている」

「！……」

「〝海の百万石〟と呼ばれる銭屋五兵衛が諸国に張り巡らせている商人の絆《きずな》を、舐《な》めてはいけませぬぞ、小早川様」

意味深長な言い草になった政盛に対して、それでも小早川は余裕の笑みで言った。

「まるで身共が関わっているかのような言い分には辟易する。結局は何の証もないではないか。佐渡奉行が殺されたのは事実。それを身共がやったかのような言い分は、片腹痛いだけだ」

「あなたがやったなどとは一言も言っておりませぬ。いや、佐渡奉行の堀田は、何処《どこ》ぞで生きている気さえします」

「なんだと……」

僅《わず》かに小早川の目つきが変わるのを、政盛は見つめ返して、

「なぜならば、堀田の亡骸《なきがら》を見た者が誰もおらぬからです……代官所の役人が引き上げたとのことですが、そやつらは鬼火一族に組み込まれていた奴らです……銭屋五兵衛からの文に拠《よ》れば、堀田の葬儀は挙げたとのことですが、土葬ではなく火葬にしたとか」

「それが、なんだ……その土地の風習もあろう……」

「事案によって違いますが、遠国《おんごく》奉行が他国にて死んだとしても、亡骸は妻子や親兄弟のいる江戸に連れ帰るのが常……それを、小早川様、あなた自身が佐渡で葬れと命じたそうな」

「…………」

「その意図がなんであったか、いずれ判明するときが来ましょうが、鬼火一族と関わりがないのでしたら、今は大人しくしていた方が宜《よろ》しいかと存じます」

政盛はそう言いながらも、牽制《けんせい》したことによって、小早川は何か動くに違いないと踏んでいた。水野たちは、ふたりの腹の探り合いを間近で見ていて、佐渡奉行の死の真相に一歩近づいたような気がしていた。

「大河内……これは老中命令だ。此度《こたび》を最後に、二度と登城は許さぬ」

小早川はそう言って、他の幕閣にも同意を求めた。政盛は意見を言う立場に過ぎぬ。にも拘わらず、老中の素行が怪しいとまで言ったのであるから、排除されるのは当然であろう。

「ハハ。しかと承りました。ですが、倅の右京が、決着をつけてくれるものと信じております。小早川様も、それまでのお命と覚悟なさいませ」

政盛はさらに挑発してから立ち上がり、一同を睥睨《へいげい》するように見廻してから、威風堂々と立ち去るのであった。

二

佐渡島の海は今日も荒い。

鈍色《にびいろ》の水平線には重苦しい雲が重なり、大きな白波が渦を巻くようにうねっている。

怒濤《どとう》の音は、遊郭外れの遊技場まで聞こえていた。何処から集まってきたのか、今日も大勢の人々が洋風の賭博に興じている。

特に冬場は、長い間、北前船《きたまえぶね》が停泊しているため、無聊《ぶりょう》を慰めるために立ち寄る者も多い。多くは島の者ではなく、余所《よそ》から来て逗留《とうりゅう》している船主や水主《かこ》たちである。よほど懐に余裕があるのであろう。おそらくは、抜け荷で儲《もう》けた金に違いない。

その奥の一室には——青蛇《せいじゃ》の前に、黒鷲《くろわし》と白虎《びゃっこ》がいた。

青蛇は群青色の鎖帷子《くさりかたびら》を着込んでおり、細くて反りの大きな長い刀を差している。白虎の方は山伏のような格好で、九尺はあろう錫杖《しゃくじょう》を持っている。

「怨霊党の女どもの塒《ねぐら》はまだ見つけられないのか。早いとこ始末をつけろ。大目付が来ているのだ。長引けば厄介だ。とっとと皆殺しにしてしまえ」

青蛇が命じると、黒鷲は睨みつけて、

「偉そうに、おまえは何様のつもりだ。俺だって隈無《くまな》く探しているのだが……目星をつけると、すぐに他の村に移りやがる」

それほど佐渡島は広いということだが、青蛇はギラリと睨み返した。

「言い訳をするのか。俺の言葉は将軍様の言葉だ。命拾いをしたのを忘れたのか」

「わ、分かったよ……」

「隠し金山を探る怪しい者は、あの大河内右京とかいう大目付以外に家来もいる。伊賀者か甲賀者《こうがもの》か知らぬが、奴の密偵もおるであろう。もはや遠慮はいらぬ。怪しい奴は手当たりしだい殺せ」

青蛇の目つきがさらに鋭くなると、黒鷲と白虎は頷いた。

その時、遊技場の方から、儀右衛門《ぎえもん》と笹倉《ささくら》が入ってきて、ニンマリと笑った。

「まずは、大河内右京を殺すのがいいと思うがね。この笹倉梅軒《ばいけん》先生と一緒に、うちの用心棒として雇っていたが、失礼ながら、あなたたちが勝てる相手とは思えませぬ」

儀右衛門がそう言った途端、山伏のような姿をしていた白虎が錫杖を突きつけた。

「おい、『北国屋《ほっこくや》』。おまえのせいで将軍様は迷惑を被っておるのだ」

「えっ。私のせいで……それは一体、どういうことでしょう」

「金と抜け荷の捌きが悪い。ぐずぐずしておると首を刎《は》ねる。代わりは幾らでもおるのだからな。銭屋五兵衛のような大商人になると豪語したのは、何処の誰だったかな」

「——あ、それはもちろん……ですが、日本中の海……なかんずく越前から蝦夷《えぞ》に至る海域は銭屋の庭のようなものですから、なかなか思うようには……」

「おまえも言い訳か。もうよい」

錫杖を僅かに動かすと、その先端から鋭い錐《きり》のような刃物が飛び出して、儀右衛門の喉元を突き刺しそうになった。寸前、それを刀の柄《つか》で止めたのは、笹倉だった。

「俺の雇い主だ。相手が誰であれ、死ぬことになるぞ」

「面白い。やってみろ」

白虎が挑発すると、青蛇が「よせ」と強い声で言った。白虎の首根っこには既に、脇差しの刃がわずか半寸のところで止まっている。動けば脈が切られるであろう。

「どうする」

「──わ、分かった……」

錫杖を引くと、笹倉も用心しながら脇差しを離して、

「どうやら、あんた方が、佐渡を牛耳る鬼火一族のようだが……」

と言いかけると、今度は青蛇の目が、まさに蛇のような不気味な色になった。笹倉は苦笑しながら、脇差しを鞘《さや》に戻した。

「そう怖い顔をするな。俺も仲間になりたいから、『北国屋』に近づいたんだよ。佐渡を操る……いや、徳川《とくがわ》幕府の手の届かない、別の世の将軍に仕えるためにな」

「…………」

「黒鷲さんだっけ、あんたが怨霊党の女どもを片付けられなかったところを、ぜんぶ見てたよ。たかだか女どもと、大目付ひとりに無様なものだったな」

「な、なんだと！」

ブチ切れたように黒鷹が青竜刀《せいりゅうとう》を握り締めると、今度は儀右衛門が止めた。

「笹倉先生の腕は私が保証しますよ。ひとりで、山賊十人余りを一瞬のうちに斬り倒したのは、私もこの目で見ましたから」

「…………」

「だから、こうして雇っているのです」

黒鷲が何か言いかけるのを制して、青蛇が声をかけた。

「おまえに言われてもな、儀右衛門……まあよかろう。仲間に入りたけりゃ、まずは手柄を立てて貰おうか、笹倉先生とやら」

「望むところだ」

「ならば、大目付・大河内右京の首を持ってこい。話はそれからだ……黒鷲に白虎。おまえたちは、怨霊党の女たちを根こそぎにせい。手段は選ぶな……でないと、本当に将軍様がお怒りになる」

妖しく青白く光る青蛇の瞳は、人に魔術でもかけるかのようである。笹倉はその目をじっと睨みつけていた。

一方――銭屋五兵衛の佐渡屋敷の離れに逗留していた右京は、中庭に潜んでいる鵜飼から、探索してきたことを聞いていた。

「――どうやら、『北国屋』儀右衛門は、佐渡の実力者、つまり闇将軍に通じており、隠し金山から出る金の管理を任され、あらゆる物資を諸国より買い込んでいるようです」

「そのようだな。で、佐渡の実力者とは」

「鬼火一族の頭領です。隠し金山を中心に、この辺りの繁華街を治め……まるで、ひとつの国のようにしております」

「たしかに、町場の者たちも、黒鷲とやらには、まったく逆らう素振りはなかったが、佐渡奉行所役人は何もせぬのか」

「それどころか、役人も鬼火一族の言いなりです。少しでも異を唱えれば殺される。その見せしめが、佐渡奉行殺しかと……ですから、島の人々も従順にならざるを得ないのです」

「で……佐渡将軍を名乗る鬼火一族の頭領とは、何者なのだ」

右京は、美緒《みお》たち怨霊党が「佐渡奉行を殺したのも、あんたたちだろう」と迫ってきたことを脳裏に浮かべていた。つまり、堀田采女を襲ったのは、美緒たちでないことは確かだが、その正体が未だに分からないというのは不気味だった。

「すぐ側《そば》にいるはずなのにな……かくなる上は、黒鷲なる者を捕らえて、白状させるしか手はないかもしれぬな」

「御意──」

鵜飼は翻るや音もなく消えた。すると、渡り廊下から、五兵衛が歩いて来ながら、

「何方《いずかた》とお話しでしたかな……」

と、さりげなく尋ねた。

「近頃、独り言が増えましてな。諸国へは一人旅も多いゆえ」

「またまた。隠さなくても結構でございますよ。密偵でございましょう」

「…………」

「実は私も、佐渡の闇将軍とやらのことが気がかりで、密かに調べては、分かる範囲でですが、讃岐守様に伝えておりました」

「父に……」

「はい。闇将軍とやらは、幕閣中枢の御方とも繋《つな》がっている節があります。そのこと

も、お報せしていますので、讃岐守様は何かに役立てておられるものと思われます」

「そうでしたか。して、その幕閣とは……」

「老中の小早川侍従様でございます」

「えっ。まさか……あの御仁《ごじん》が佐渡奉行を任命したのですぞ」

「はい。ですが、私の調べでは……とにかく、事を証すためには、闇将軍を捕らえるほかないのではないでしょうか」

「うむ……」

右京は頷いたものの、五兵衛の話は半分に差っ引いて聞いていた。かような重要な話を前々からしているならば、政盛からも伝えられていたはずだからだ。信頼せぬわけではないが、気が抜けぬ商人だと思っていた。

そこに、鷹太郎《たかたろう》が殿様らしくなく、小走りにやってきて、

「大変ですぞ、右京様。徳馬《とくま》様の姿が見えませぬ」

と言った。

今朝は一緒に、経世済民について色々と話していたのだが、裏庭で遊んでいたと思ったら、いなくなったというのだ。だが、右京は至って平然としており、

「大丈夫です。あいつには、うちの家臣がついておりますから。小さな頃からじっと

しているのが苦手で、あの年で騎馬や弓矢は、俺より上手《うま》い。相撲の取り組みもなかなかでございますぞ」

「いや、しかし……」

「何かあれば、家臣の方がぶっ飛んで来ましょう。どうせ、佐渡は珍しい所ばかりだから、野猿のように駆け廻っているに違いない。ついでに新しい金鉱でも見つけぬかな。あはは」

冗談交じりに言ってから、右京は少し真顔になって、

「それより、せっかく銭屋五兵衛さんと再会したのですから、これからの能登松波《まつなみ》藩を営む上での助言を聞いたら如何ですかな」

と誘い水を向けると、鷹太郎はポンと手を叩いて、五兵衛の前に座り込んだ。まるで寺子屋の師匠の教示を願う門弟のような態度で、鷹太郎はあれこれと、自分の思いを語り始めた。

三

「家老だった風間《かざま》官兵衛《かんべえ》は、『北国屋』と結託して、抜け荷を扱っておりました。も

ちろん、佐渡の隠し金山のことも知っておりました。でも、それが誰かまでは……」

　知らないと鷹太郎は話してから、

「息子の義之介《よしのすけ》は、御家を継がせはしましたが、家臣にはなりたくないと本人が言うので、望み通り、珠洲《すず》焼きの家元として認めてやることにしました。父親の官兵衛とは違って、政事《まつりごと》には向いていないと」

「それはそれは。鷹太郎様も、よい決断をなされました」

「しかし、風間が、潰れそうな藩なのに、抜け荷までして権力を握りたかったのは何のためか、私にはサッパリ分かりませんでした。風間はいずれ、息子を幕府の老中か若年寄にさせようとしていた。そのために金がいるから、抜け荷に手を出していたのです」

「…………」

「藩の領民が貧しさに喘《あえ》いでも、自分は出世の虜《とりこ》になったのか、藩主が幕閣になることで、藩が潤うという理屈を、風間はひけらかしていましたが……殿様が老中や若年寄になったがために、領民が苦しむことはよくある話ですよね。そんなふうにはしたくない」

「では、どうしたいのですかな」

「能登松波藩でしかできない産業を興したいのです」

　今でいう〝地場産業〟である。そこで、鷹太郎は早速、何ができるかを、家臣の者たちを集めて考えさせているという。平野はほとんどなく、山間《やまあい》に作った狭い棚田しかない。畑も広くないから、麦などの穀類も乏しい。

「ですが、御定法では、米には年貢がかかるが、麦にはかからない。そこを逆手に取って、麦だけを作ってはどうかと、私は提案をしました。麦はそのままで食うと、さして美味《うま》くないですが、保存がきくし、味噌造りにも大いに役立つ。米は私の育った加賀《かが》から幾らでも仕入れることができる」

「なるほど……」

「その一方で、調べてみれば、あの辺りでも良質な漆《うるし》が採れそうです。その利点を生かし、私が金沢城下でやっていた漆物問屋の智恵と経験をもとに、年貢なしの代わりに漆塗りを農民たちにさせることにする。輪島《わじま》に負けぬ漆塗り職人を育て、義之介の珠洲陶器とともに、能登松波藩の主力製品にする。そのために優秀な職人を集めて、村人の教育から始めたいと思います」

　もちろん、すぐにできることではなく、慣れない仕事に農民が悲鳴を上げることは目に見えている。さらには、街道の整備をしないと流通も滞ってしまう。商品を作ることができても、売り出すことができない。

「そこは、北前船に任せて貰いたい」

五兵衛がドンと胸を叩くと、鷹太郎は「鬼に金棒です」と喜んでから、

「でも、内陸の方にも街道を造っておかねば、海辺と山村に貧富の差ができてしまう」

「たしかに」

「それに、新たな飛脚問屋を設けて、街道のあちこちに問屋場《といやば》を設けることで、地産の良さを生かして、領内の隅々まで富を行き渡らせるとともに、領外にも広げたいのです」

さすが金沢屈指の商人の子として育っただけあって、鷹太郎は具体的に色々と考えているようであった。

「そこで、五兵衛さんには、船による流通に留《とど》まらず、先物相場や米相場、御家人《ごけにん》株や沽券《こけん》の売買から、芝居や大相撲興行など、様々な事業を呼び込む手立てを教えて戴きたいのです」

「おやおや。ふつうなら、商売が傾いているときは、事業を縮小するところを、大きく広げたいとな……これは剛毅《ごうき》な」

「いえ。元々、何もありませぬから、あるものを少しでも増やしたいのです」

「賭け事のように、必ずしも儲かるとは限りませぬぞ」

かく言う銭屋五兵衛の人生は、賭けの連続であった。

『銭屋』の先祖は、越前朝倉《あさくら》ゆかりの武士とのことで、加賀鶴来《つるぎ》の舟岡《ふなおか》城主である高《たか》畠石見守《はたいわみのかみ》の家臣だったと言われている。後に、宮越《みやこし》に移って、両替商をしていたことから『銭屋』を名乗った。

五兵衛が頭角を現したのは、四十近くになってからのことで、銀仲棟取《ぎんずわいとうどり》、諸相場聞合所頭取、貯用銀裁許《さいきょ》など、金沢の〝財界〟で重要な役職に就いた。その一方で、二度も妻には早逝されているので、順調な商売とは逆に不幸続きだった。それでも、三番目のまさという女房との間には、十人も子供を儲けている。

米の投機で儲け、船持ちになってからは材木で儲け、御手船《おてふね》裁許になってからは、新船建造などをして、大商人になったことは、もちろん鷹太郎は百も承知のことである。だからこそ、自分も〝殿様商売〟の大勝負に出たいと思っていたのである。

「ですが、五兵衛さん……賭け事と違うのは、すべてを失うことはないことです。そのためには元手がいる。北前船も沢山、寄ってくるように湊《みなと》を広げることもしなければなりません。ですが、先立つものがない。何も〝質草〟がないのに、両替商どころか、誰も貸してくれません」

「でしょうな。あ、私は駄目ですよ。金の貸し借りは一番、苦手でしてな」

と牽制する五兵衛だが、これは嘘である。銭屋の日誌にも書き留められているように、新田開発なども〝先行投資〟をして、買収を繰り返している。その資金源は信用と担保であるが、五兵衛の上手いところは、

――将来、値打ちが上がったときの商品や土地を担保にしている。

ことである。一歩間違えば、騙《かた》りになってしまいそうだが、何度か成功するうちに、〝銭五〟の商売は必ず当たるとの評判が広がり、それが信用となって、金を貸す者が出てくるのだ。

「能登松波藩はそもそも、風待ち湊としても栄えていた時があります。能登突端の国ゆえ、越前福井《ふくい》や加賀金沢などからは、実際よりも遥か遠い国に感じておりました。もし、珠洲陶器や漆器が沢山作られても、それを届ける手段がなければ、話になりません」

「ですから、北前船を……」

と言いかけた五兵衛に、鷹太郎は、郡奉行の田淵《たぶち》という男が、

――領内の海岸に漂着した船の荷は奪ってもお構いなし。

と盗み取っていても罪に問われないと話すのを聞いて、おかしいと思ったという。もっとも、戦国時代の決まり事が今も続いているわけではないが、海の慣習として見逃されていた節がある。

「それを徹底的に取り締まりたい。御定法を変えて、漂着物は拾い集めて、船主もしくは荷主に返す。それを我が藩の沿岸、すべてで実践する。能登松波藩はほとんどが沿岸ですからね」

「なるほど。そういう御定法があるならば、万一の時に備えて、能登松波藩の側を通ったり、風待ち潮待ちするためにも、立ち寄りたくなりますな」

「ええ。そして、これまで波の荒い西側を廻っていた船は、目の前の富山湾は意外にも穏やかで内海みたいなものだから、そこを利用すればすぐに越中《えっちゅう》、越後との交流もできます。そのために、風待ちの湊を造り……」

　北前船を定期的に寄港させる計画を立て、新たな湊を造りたいと話した。もちろん、同時に金沢や福井から、若狭《わかさ》湾や京への海路も使いたいと、五兵衛に訴えた。

「新しく造った湊には、漁船も沢山、停泊することができるようにして、富山湾や日本海で獲《と》れる魚や蟹、蛍烏賊《ほたるいか》なども、名産品にして、高値を付けることもできるのではないでしょうかね」

「さあ、そこまで上手くいくかどうかは、船の〝足の速さ〟次第ですな」

五兵衛が現実は難しいと言うと、鷹太郎は笑顔で返して、

「実現してきたのは、他ならぬ五兵衛さんではありませんか……私はね、興産をするためには、やはり領民の教育が先だと思うのです。ただ日銭を稼ぐことだけに精を出すのでは、物事は変わらない」

「…………」

「金沢城下にあったような学問所を造って、藩士の子弟はもとより、町人や農民にも、商売に役立つ実学を中心に教えれば、ますます栄えると思うのです。まさに、国造りは人作り……金沢から教育者を招聘《しょうへい》して、様々な教育を施すことも夢見ています」

目を爛々《らんらん》と輝かせて話す鷹太郎を見ていて、右京も気持ちよくなった。五兵衛は大きく頷くと、その手を握り、

「お見事ですな。さすがは『恵比寿屋』吉右衛門さんに育てられた金沢商人だ。お坊ちゃんといえば、仕事もせんくせに面倒臭がりの〝だわもん〟が多いけれど、鷹太郎さんは違いますなあ。地位が人を作るとも言いますが、このような人がお殿様になられたら、領民は幸せだ」

「いえいえ、何事にも〝はしかい子〟だったそうですから、思いつきです」

「たしかに、すばしっこかった。はは。ならば、早いうちに奥村栄実《おくむらてるざね》様にご紹介して、色々と手を打って貰いましょ」

　奥村栄実とは加賀藩年寄で、国学者でもあった。天保《てんぽう》の改革の一環であるが、藩の財政悪化を改善するために、銭屋五兵衛を重宝して御用金の調達を成し遂げた人物である。

　その一方で、奥村が断行した徳政令や株仲間解散、新田開発、倹約令などによって、農民の暮らしを制限することもあった。それに反対する勢力には、厳しく弾圧をしたがため、後《のち》の幕末に黒羽織党《くろばおりとう》のような藩政改革を掲げる党を生む土壌を作ったとも言える。

「それは心強いです。こちらから出向いて、奥村様と話をしたいと存じます」

　水を得た魚のように、いや大空に解き放たれた鷹の如く、鷹太郎は夢を語り、実践に向けて自らを奮い立たせた。

「そういう意味では、この佐渡にも手本はありますぞ。遊技場と遊郭です」

　人が集まる所には必要なものだと、五兵衛は語った。だが、鷹太郎は風紀が乱れるようなことはしたくないと言った。

「異国ではそうならぬように、厳しい決まりを作ってやっています。何もかも御法度《ごはっと》にしても、逆に隠し賭場《とば》のように、裏社会の者たちの稼ぎ場を作ることになるだけです」

「そうかな……」

「もちろん、ここは天領ですからね。佐渡奉行は取り締まりをしていましたが、それも表向きのこと。実は緩やかに認めておりました。しかし、人々にとっては必ずしも悪いことではありませぬ」

関所のない大海原《おおうなばら》で、恐らく抜け荷もしている五兵衛のことだから、杓子定規な御定法が煩わしいのであろう。だが、右京としては認めるわけにはいかなかった。

「賭場や遊郭なんぞは、人々を不幸に陥れることが多い。つまりは、他人の犠牲の上に、一部の者が良い思いをしているに過ぎぬ。俺はそう思うがな」

右京が言うと、五兵衛は笑顔で返して、

「ごもっともでございます。ですが、まあ、とにかく、お殿様……後学のために一度、さあ、ご案内いたします」

と半ば強引に、鷹太郎を連れ出すのであった。

四

吉原《よしわら》を彷彿《ほうふつ》させる絢爛《けんらん》豪華な妓楼が並ぶ遊郭街には、今日も佐渡に逗留している商人や水主たちがぶらついている。

格子の中には、妖艶に化粧をした遊女たちが、人形のようによそよそしい表情で、通りに向かって座っている。媚《こ》びを売ることはほとんどせず、ただ通りを眺めるでもなく見ているだけである。

石畳の表通りを歩く男衆も、粋な旦那筋が多いのか、がさついた雰囲気はないし、下品な態度の客もあまりいない。遣《や》り手婆《てばば》や牛太郎《ぎゅうたろう》たちも、大袈裟な呼び込みはしておらず、

「旦那のお気に入りはおりますか」「佐渡の思い出に如何ですか」「美しくて優しい娘ばかりですよ」

などと穏やかな声で、立ち止まった客に声をかけるくらいである。

だが、やはり羽織姿の鬼火一族の者たちが、警戒するように歩き廻っている。もし騒ぎを起こしたら、面倒なことになるから、客も大人しくしているだけなのかもしれ

ぬ。

遊郭は中心の大通りを軸にして、碁盤の目のように開かれていたが、その一角のある見世先《みせさき》には、一際、客が集まっていた。

歩いてきた鷹太郎が目を留めると、五兵衛はにこやかに、

「おやまあ。やはり『異人館』は人気が高いなあ」

と言った。

「異人館……なんです、それは……」

鷹太郎が訊くと、五兵衛は先に歩きながら、

「百聞は一見にしかず。来なはれ」

いそいそと店に近づいていった。ふたりの後からは、右京も付いていっている。まるでお殿様の警護役のようだった。

その『異人館』と呼ばれている妓楼の格子の中は、唐風や朝鮮風はもとより、見たこともない白い絹を巻いただけのような衣装や虹色のように鮮やかな着物を着ている女たちばかりだった。中には、真っ白い肌で髪が金色や茶色、目も紺碧《こんぺき》や赤っぽい女もいた。明らかに異人である。

「いやあ、これは驚いた……」

仰天する鷹太郎に、まるで呼び込みの男のように張りついて、五兵衛は声をかけた。

「如何ですかな。日本の女も宜しいが、異国の女もまた、なんというか体がギュッと詰まった感じで抱き心地が宜しいですよ」

「そうなのですか？」

年頃の若者だけに、さすがに鷹太郎にとっても垂涎《すいぜん》ものであった。金沢城下では、若い女たちがドッと押し寄せてくるほどの好男子でありながら、なんとも言えぬ雰囲気にとろけそうになった。

「それにしても、見張りが厳しいな」

右京が水を差すように言うと、鷹太郎もその異様な数に気付いた。五兵衛は当然であると説明をした。

「この一帯は、佐渡奉行も黙認していた遊郭ですがね、特にこの店は〝船来者〟と称される女たちばかりがいるのです。いわば、特別な上等な遊女たちですな」

「何処から連れてきたのだ。まさか、抜け荷の折に、人攫《ひとさら》いをしたのではあるまいな」

険しい目になって右京は訊いた。

日本には異国に連れていくために攫われる娘たちがいた。〝からゆきさん〟と称される娼婦として働かされる女のことだ。多くは九州の貧しい農村や漁村などの娘たちで、嬪夫《びんぶ》と呼ばれる女衒《ぜげん》が人攫いを担っていた。

逆に、異国から連れてきて、日本の遊郭で働かせることもあった。数は少ないが、大名たちの中には、異人を好んで弄《もてあそ》ぶ者もいたという。高値で〝売買〟できるので、もしかしたら佐渡という江戸や都から遠く離れた〝地の利〟をよいことに、悪行を尽くしている者たちがいるやもしれぬということだ。

「五兵衛さん……俺はあなたのことを買い被《かぶ》っていたようだな」

唐突に右京が不機嫌に言うと、五兵衛は目を丸くして、

「如何なされました」

「見れば、かなり大きな遊郭。四、五十人の女がいそうだが、女衒もそれなりに大物でなければ、これだけの女を集めることはできますまい。もしや、五兵衛さんも関わっているのではありますまいな」

「冗談でも、そのような事は言わないで下さいまし、右京様」

キッパリと五兵衛は否定して、

「泥棒じゃありませぬがね、盗みはすれども非道はせぬ、が身上でございます」

「盗みとは、抜け荷のことか」

右京の声が尚一層、きつくなってきた。

「まさに公儀の目を盗んで抜け荷をし、その挙げ句、海に関所はないと言うのは、法を破った者が、自分に法は適用しないと御託を並べるに等しい」

「お待ち下さい……右京様、どうかなされましたか」

わずかに不安そうな顔になって、五兵衛は店の前で立ち止まった。

「前にも話したとおり、漂流した船から助けた異国の女たちもおります。ですが、できる限り、私の船で国に帰してやりました。もちろん、その国から御禁制の品を持ち込んだことは否定しませぬ。しかし、人攫いをして、遊女にするなどということは……」

「ならば、どうして、かような可哀想な女たちがいる遊郭に、その若い殿様を連れてきて、妓楼に上がれと唆《そそのか》しているのだ」

「まったくの誤解でございます。私はただ世界は広い。能登と佐渡だけの話ではなく、もっと大きな視野に立ってですな……」

「もちろん、そう願っている。『千石船、一航海で千両稼ぐ』と謳《うた》われていますが、その繁栄振りは、北前船で巨万の富を築いた能登の上時国《かみときくに》家を見ていても分かります。年に七ヶ月もかける海上の暮らしが大変なことも承知してます。それをよいことに国《こっ》禁《きん》を犯しているなら、話は別です」

右京の言い草は、まるで『銭屋』が悪事を働いているかと断定しているかのようだった。だが、五兵衛は反論することはなく、

「——十方悉《ことごと》く宝土《ほうど》なり、宝土何ぞ壊れんや……この地に流された日蓮聖人《にちれんしょうにん》の、『立正安国論』の中にある一節です」

と言った。

日蓮は、地震や飢饉《ききん》、疫病などの災害が相次いだのは、「鎌倉幕府や民衆が邪教を信仰することにある」と批判した。そして、法華経を信じることだけが唯一の救いだと説いたのである。そのため、幕府最高権力者の北条時頼《ほうじょうときより》に流刑にされたのだ。

「私はね、幕府や民衆が意味のない交易禁止をしている限り、この国は真に栄えないと思っています……広く異国万国の人と交わることで、十方の宝土はそのまま浄土となり、浄土は壊れることはない」

五兵衛は自信に満ちた顔で、大目付に遠慮することなく、自説を述べた。

「この佐渡は、まさしく浄土の如く、古来、海の民の国として栄えてきました。日本は島国であり、神日本磐余彦尊《かみやまといわれびこのみこと》、つまり神武《じんむ》天皇は海神の子です。その子孫である我々が、海に出てはいけないという御定法こそ、間違いだと思いますよ」

〝海運業〟の棟梁《とうりょう》の中の棟梁が言うだけに、説得力はあった。だが、右京は心の裡《うち》の何処かで、佐渡の闇将軍、鬼火一族を操っているのは、目の前の五兵衛ではないのか——という思いすら芽生《めば》えていた。

鋭くふたりの視線が重なったときである。

——ハア、佐渡へ佐渡へと草木もなびくよ。佐渡は居よいか住みよいか。ハア来いと言うたとて、行かりょか佐渡へ……。

菅笠《すげがさ》を被って、名調子で歌いながら、佐渡おけさを踊る一団が現れた。十数人の女たちだが、ゆったりとした曲調で、揺れる着物の袖や捲《めく》れかかった裾や足運びが妙に艶っぽい。

「さあさあ、男衆も女たちも一緒に踊りなさいな。この世は極楽、あの世は地獄。生きてる間に、さあさ踊り歌って、楽しもうではありませんか……ハア、佐渡の相川、羽田の浜に、女波男波《めなみおなみ》が打ち寄せる……おけさ踊りに、ついうかうかと、月も踊るよ、佐渡の夏、ハア……」

おけさ踊りを続ける女たちに、思わずつられるように、遊郭見物をしていた男衆たちも後ろから付いていった。

一団は大きな塊となっていき、あちこちの妓楼の前で〝門付《かどづ》け〟を受けている。縁起物として、遣り手婆か牛太郎が、幾ばくかの金を渡すのである。

踊りの一団は『異人館』の前辺りまで来て、より一層、三味線や篠笛、締太鼓の音が高まり、クルクルと廻り始めた。遣り手婆が〝門付け〟を渡そうとしたが、一団は受け取らずに、そのまま暖簾《のれん》を潜《くぐ》って見世の中に入っていった。

「ちょいと、おまえさん方……」

驚いた遣り手婆が止めようとしたが、押しやられた。見世の中にいた若い衆が血相を変えて出て来て、

「何の真似《まね》だ。表に出やがれ」

と大声を上げた。だが、佐渡おけさ踊りの一団は構わず土足のままで、歌いながら妓楼に上がろうとした。

若い衆が押し返そうとしたとき、奥から悠然と出てきたのは儀右衛門だった。

「構わぬ、構わぬ。今日は吉日だ」

小判を十数両、バラバラと床にばら撒《ま》きながら、

「さあ。拾え、拾え。女どもが金を拾う尻は、可愛いもんじゃぞ。さあさあ」

と儀右衛門はからかうように言った。が、佐渡おけさを歌って踊っている女たちは、小判を蹴散らすようにして、さらに見世の奥に押し入ろうとした。

「おい。何の真似だ。やめんか」

「余興でございます。さあさあ、『北国屋』さん自慢の妓楼『異人館』の遊女たちも、今日は歌って踊ろうじゃありやせんか」

先頭の女が言った。菅笠でハッキリと顔は見えないが、儀右衛門には、美緒だと分かったようだった。

「おまえ、もしや……」

菅笠を捲ると、まさしく美緒だった。

「おや。旦那。野暮はなしですよ。菅笠を脱がせたら、〝顔を見たなあ〟と末代まで悪霊に祟《たた》られますよ」

「ふざけやがってッ」

儀右衛門が懐から短筒《たんづつ》を抜くと、美緒はその手を摑《つか》んでねじ上げ、一瞬にして奪い取った。そして逆に銃口を儀右衛門の額に突きつけて、声を張り上げた。

「みんな！　私たちが助けてあげるからね！」

美緒が自ら菅笠を取ると、張り見世の格子際の遊女たちの顔がパッと明るくなった。階段の上にいた他の女たちも、身を乗り出すように覗《のぞ》き込んだ。だが、「てめえら、勝手に部屋から出るんじゃねえ」と若い衆たちに奥に押しやられた。

「バタバタするんじゃないわよ。こいつの頭が吹っ飛ぶよ」

銃口を儀右衛門の額に突きつけたまま、美緒が啖呵《たんか》を切ると、他の怨霊党の女たちも素早い動きで、隠し持っていた短刀を抜き、半弓を構えて、若い衆を牽制した。

「こんな真似をして……只で済むと思うなよ」

一歩も動けぬまま、儀右衛門が睨みつけると、美緒はグイッと銃口で突いて、

「じっとしてな。脳天に風穴が空くよ……さあ！　早く、みんな逃げなさい！　こんな生き地獄から、今すぐ逃げなさい！」

と妓楼中の女たちに聞こえるように叫んだ。

一瞬、躊躇《ちゅうちょ》する女たちに、おたねも続けて、精一杯の声を上げた。

「裏手の掘割に舟がある。それで海に出て、船泊《ふなどまり》に行くのよ。そこには、銭屋五兵衛さんの千石船が待ってる。みんな心意気のある水主ばかりだ。それで敦賀《つるが》まで逃がしてくれる手筈《てはず》になってる。さあ、急いで」

その言葉に煽《あお》られるように、白い肌の金髪美女が真っ先に立ち上がって逃げ出した。するど、他の女たちも後を追いかけた。二階からも遊女たちが雪崩《なだ》れ落ちるように駆け下りて、見世から表通りに飛び出した。

中には不安がる女もいたが、五兵衛がズイと出て、

「さあ、急ぎなさい。後は私に任せて」

と言うと、おたねたちは遊女たちを引率して掘割に向かった。だが、若い衆たちは儀右衛門が人質になっているため、追いかけることができなかった。

「――銭屋さん……どういう魂胆だい」

儀右衛門は、まるでならず者のような口振りになって睨みつけ、

「まさか、人の妓楼から女たちを攫って、京や大坂の遊郭にでも売り飛ばそうって腹づもりじゃあるめえな」

「おまえさんとは違いますよ、儀右衛門さん。そろそろ観念したらどうです」

「何をでえ」

「私に胡麻を擂《す》って近づいてきてたが、あちこちで『銭屋五兵衛とは、兄弟杯を交わした仲だ』と触れ廻って、上手く商売をしてたそうじゃないか。さもしいねえ」

苦笑する五兵衛を、歯嚙《はが》みしながら儀右衛門は睨みつけ、

「おまえだって似たようなものじゃねえか。加賀百万石の旗印がなきゃ何もできねえくせしてよ、ルソン助左衛門《すけざえもん》気取りかい」

「好きに言いなさい。あんたには人身御供《ひとみごくう》になって貰うよ」

「なんだと……」

「奴隷の如く働かせている男たちを、隠し金山から解き放つためのな。さあッ。鬼火一族の頭領に会わせて貰いましょうかねえ」

その時、小柄が飛来し、美緒の短筒が打ち落とされた——裏の厨房に繋がる土間から、笹倉が投げたのであった。

一瞬の隙《すき》に、儀右衛門は美緒を突き飛ばして、短筒を拾い上げて、

「やってしまえ！」

儀右衛門が怒声を上げると、若い衆たちが美緒や五兵衛に襲いかかろうとした。

そこへ、素早く入り込んだのは、右京だった。

「なるほど。佐渡へ佐渡へと、悪事もなびくよか……どうやら、もう寺泊《てらどまり》でも商いはできそうにないな」

「また、おまえか」

短筒を突きつけた儀右衛門は、問答無用に撃とうとした。が、右京は手にしていた扇子で叩き落としてから、女たちに「早く行け」と言って、追おうとする若い衆たちを殴り倒し、儀右衛門を振り返ってギラリと睨みつけた。

「俺も大概の悪党を見てきたが、おまえたちにはほとほと呆れ果ててるな」

「…………」

「佐渡奉行を殺したのは、おまえと手を組んでいた鬼火一族の仕業《しわざ》であろう。それを怨霊党のせいにするため、わざわざ用心棒まで雇って、美緒たちを殺そうとした」

「!?――どうして、そこまで……」

驚愕した儀右衛門だが、居直って不気味に笑いながら、

「くく……だとしたら、何だ。おまえに何の関わりがある。大目付というのは、大名を見張るのではないのか。佐渡島には大名なんぞいねえぞ、ハハ」

と小馬鹿にしたように言っている間に、笹倉はさりげなく右京の背後に廻りながら、刀の鯉口《こいぐち》を切った。

右京はチラリと牽制の視線を笹倉に送りつつ、儀右衛門に向かって、

「知らぬなら言うてやろう。大目付には切支丹《キリシタン》の監視や抜け荷を処分する権限もある。これまでも、〝天下御免〟で刃向かう者を斬り捨てたこともな」

「………」

「罪のない者を隠し金山で扱《こ》き使い、攫ってきた女たちを無理に遊郭で働かせる非道、断じて許すわけにはいかぬ」

「法で裁かなくていいのか」

「天下の掟《おきて》破りのくせに、片腹痛い。どうする。すべて話せば、命だけは助けてやる。

どうでも逆らうなら……」

鯉口を切った右京に、若い衆たちが一斉に匕首《あいくち》を抜き払って突きかかった。だが、素早く抜刀して華麗な太刀捌きで、一瞬のうちに若い衆たちの腕や膝を斬り裂き、髷《まげ》などを斬り落とした。

「うわあッ——」

逃げ出す若い衆たちを尻目に、切っ先を儀右衛門の首根っこにあてがい、

「どうする。喋《しゃべ》らぬ奴には用はないが」

と脅したとき、刀を抜き払った笹倉が背後から斬りかかってきた。素早く避《よ》けた右京は刀で受けて、激しい打ち合いになる。『北国屋』で腕試しをして以来だが、その激しいやりとりは、まさに命の奪い合いだった。

笹倉は右京と刃《やいば》を交えながら、見世の外に誘うように後退《あとずさ》りし、そのまま近くの路地に入り込んだ。鍔迫《つばぜ》り合いで斬り結びながら、笹倉は小声で言った。

「……俺の邪魔をするな」

「なんだと」

「俺は、老中首座・水野忠邦様の密命を受けた者だ」

俄《にわか》には信じられない右京だが、笹倉の目は真剣に訴えていた。

「まもなく鬼火一族に入り込むことができる。余計な手出しをするな。俺が必ずや暴き出してやる。いいな大河内ッ」

呟《つぶや》くように笹倉はそう言ってから、「キエエイ！」と裂帛《れっぱく》の叫び声で斬りかかった。

必死に躱《かわ》して身を引く右京に、「逃げろ」と目配せをした笹倉を見て、しばし刃を激しく叩きつけていたが、

――分かった。

と目顔で頷いて、右京は背中を向けて、路地の奥に逃げ出した。

そんな様子を、表通りから儀右衛門はじっと見ていた。

「ふん。口ほどにもない奴だ」

笹倉は儀右衛門を振り返ってから、刀を収め、

「銭屋五兵衛はどうした。一緒にいた能登松波藩の藩主とやらは、何処へ消えた」

と苛ついた声で言った。が、儀右衛門は訝しんで睨み返すだけだった。

五

相川金山の鎮護守であり、佐渡奉行所からも程近い善知鳥《うとう》神社の裏手から、雑木林

を抜けた所にある海辺に、美緒が潜んでいる小屋があった。雑木林が目隠しになっており、海からも漁師小屋にしか見えない。擬装するために漁師網を干している。囲炉裏くらいしかない狭苦しい小屋だが、逃げてきた美緒たちが潜んでいた。他に数人の遊女たちもいた。

ガタッと物音がすると、美緒は小太刀を手にして身構えた。

扉を開けて入ってきたのは、五兵衛と鷹太郎であった。

「銭屋さんでしたか……その御方は……」

「うむ……」

遊女たちもいるので言い淀んだ五兵衛だが、鷹太郎は自ら能登松波藩の藩主だと名乗り、その地位に就いた経緯《いきさつ》も簡単に話した。美緒は恐縮したように手を突いて、

「知らぬ事とはいえ、申し訳ありませんでした」

「謝ることではない。顔を上げて下さい。私もついこの前までは、ただの町人でした」

鷹太郎が言うと、五兵衛がすぐに茶々を入れるように、

「ただの……では、ないですがな」

「いや。本当に五兵衛さんに比べれば、木の葉のような存在です。それよりも、美緒

さんのことは、五兵衛さんからも聞きました。大変な苦労をなさったそうですね」

「いえ、私のことは……」

「町人からすれば、店が潰れただけでも大変なことなのに、ひとつの国が無くなるなどと、想像だにできませぬ」

「この日本と違って、大陸の方は古来、色々な国が興っては消え、戦ばかりの世だったのです。私の小さな国も幾たびも翻弄されましたが、激流には飲まれてしまいます」

達観したように言う美緒を、鷹太郎は深い同情の目で、

「――故郷は恋しいでしょうな」

「いえ。もう忘れました」

「忘れた……」

「はい。父も母も血の繋がった者が誰もいないのです。大きな国の攻撃から逃げ廻ってばかりで、楽しい思い出もありません。他国に支配された人々のことだけが心配です。でも……この佐渡にはささやかながら、深い思い出ができました。私の第二の故郷です」

きっぱりと言って美緒は笑った。口元に小さなえくぼができる。

その笑顔に、鷹太郎は胸が高鳴った。あれだけ毎日、訪ねてきていた綺麗で若い娘には、感じたことのない、不思議で甘酸っぱいときめいた感覚だった。じっと美緒を見つめるその瞳は、キラキラと光っていた。

「恥ずかしいですわ……」

耐えられないというように美緒は顔を背けた。

「あ、いや、失礼……言葉も上手ですね。少し舌足らずな気もしますが、そこがなんともいい……よく覚えられましたね」

「私の国の言葉と、佐渡……日本の言葉はよく似てます。いえ、言葉自体は違うのですが、ウイ・ル・シュイ・ル・カノマ――は私の国の言葉――というように、言葉の並びが同じなので、覚えやすかったです」

「そうですか。ぜひ、その言葉、能登松波藩でも教えてくれませんか」

「えっ……」

「時々、異国から漂流してくる人もいるし、何より、異国の人と交わりたい」

真剣なまなざしで言う鷹太郎をからかうように、五兵衛がまた茶目っ気のある顔で、横槍《よこやり》を入れた。

「おやおや、美緒。どうやら、おまえさんを口説いてるようですぞ」

「そんな……」

美緒もまんざらでもないようで、恥ずかしげに俯《うつむ》いた。

「別嬪《べっぴん》さんと役者絵さながらの男、お似合いのふたりじゃありませんか」

また茶々を入れる五兵衛に、鷹太郎はやめてくれと笑ってから、

「そんなことより、怨霊党は女たちだけのようだが、おまえたちの亭主も隠し金山に連れて行かれておるようだな」

「私は独り者ですが、島の女たちの多くは……亭主たちが生きているか死んでいるかも分かりません……佐渡奉行所も助けてくれないからには、私たちは命をかけて、鬼火一族と戦うしかないのです」

「いや、お上《かみ》にも話の分かる者はいます。きちんと話せば、無法者を捕らえるはず。事実、大目付の大河内右京様も……」

「それが叶《かな》わないから、自分たちでするんです」

「いや、しかし、女だけでは……」

鷹太郎が案じると、

「私たちは何処までも美緒さんについていくよ」「この命を美緒さんに預けたんだもの」「何より、お姫様だった美緒さんは頼りになるしね」「そうだ、そうだ」

などと女たちは総立ちになって、気勢を上げた。

美緒は仲間たちの声を受けて、

「お分かりになったでしょ、お殿様。お気遣い下さることには感謝致します。ですが……これは私たちの問題なんです」

と言った。美緒は第二の故郷どころか、すっかり自分の生まれ育った島のように、思っているようだった。

その夜のうちに、異人の遊女たちは、五兵衛の船に乗せて、敦賀ではなく、まずは能登松波藩の城まで送り届けさせた。鷹太郎に随行していた家臣をふたり一緒に帰して、丹波右膳《たんばうぜん》に善処するよう文にしたためた。

翌朝――。

粗末な朝餉《あさげ》を取っている美緒たちの所へ、おたねが息せき切って駆けてきた。

「大変だよ、美緒さん。あいつら、あちこちの村を襲い始めたそうだよ……きっと、私たちを誘《おび》き出すつもりだよ」

「なんですって」

美緒は立ち上がるや、直《ただ》ちに襷《たすき》を掛けて武器を手にして表に飛び出すと、すでに鬼火一族の面々が浜辺を歩いてきていた。

その先頭を歩いているのは、青蛇であり、白虎と黒鷲が従っている。

「女郎どもを何処に隠した。隠し立てすると、命はない」

青蛇が気迫を込めて迫った。だが、美緒はフンと笑って小太刀を構え、

「さあ、何処でしょうね。あなたたちこそ覚悟なさい。今日は手加減しませんよ」

と言った途端、ヒュンと飛来した半弓の矢が、黒鷲の胸に突き立った。亭主を殺された女のひとりが射《う》ったのだ。

「うわっ……そ、そんなバカな……」

喘ぎながら倒れた黒鷲を踏みつけて、青蛇の顔がおどろおどろしく変わり、反りの深い長刀を抜き払った。白虎も坊主頭を自分で撫《な》でると錫杖を地面に打ちつけ、女たちに向けて突き出した。十数人の黒ずくめの手下たちもずらりと並び、臨戦態勢となった。

「ひとり残らず殺せ！　殺してしまえ！」

青蛇が声を発すると、白虎をはじめ手下たちが猛然と美緒たちに向かって攻撃をしかけた。物凄《ものすご》い勢いだが、女たちも負けていない。決死の覚悟で半弓や短筒、小太刀などで応戦した。

激しく刃を交えて、女たちとは思えぬ戦いを繰り広げた。美緒の独特な舞うような

太刀捌きに、鬼火一族たちは戸惑って、なかなか斬り込めなかった。法螺貝《ほらがい》の音がしたと同時、裏山の方からも、さらに鬼火一族の仲間が滑り降りてきた。もはや多勢に無勢である。あっという間に、女たちは取り囲まれてしまった。それでも、美緒は華麗な動きで、敵を斬り倒した。

だが、徐々に女たちは海辺の岩場へと押しやられていく。青蛇の長刀があわや美緒に襲いかかろうとしたときである。

手裏剣が飛来して、青蛇の顔面を掠《かす》めた。かろうじて避けたのだ。

さらに手裏剣を投げながら駆けつけてきたのは、鵜飼と早苗《さなえ》であった。他にも数人の忍びたちを従えている。

鵜飼と早苗が、美緒を守っている間に、

「無駄な殺生をして何になる!」

と右京が駆けつけてきた。その後ろからは、鷹太郎も追ってきている。

青蛇と白虎は、待ってましたとばかりに、ふたりの前に立ちはだかり、武器を掲げるや問答無用で斬りかかってきた。素早く抜刀して跳ね返す右京は、これまでとは違って必殺の構えで、襲いかかってきた手下を容赦なく斬り倒した。

「鷹太郎様。あなたは、美緒たちを」

促してから、右京は青蛇たちの相手をしながら、少しでも女たちから引き離そうとした。青蛇と白虎は〝佐渡四天王〟とのことだから、右京は必ず仕留めるつもりだった。頭目格の者たちを斬れば、あとは雑魚《ざこ》だ。

鷹太郎は美緒たちを守ろうとしていたが、地面に倒れ伏したままの黒鷲が、微《かす》かに目を開けると、手にしていたボーガンのような武器を美緒に向けた。

「――く、くらえ……ただで死んで……た、たまるか……」

引き金に触れた次の瞬間、音を立てて矢が美緒をめがけて飛んだ。

寸前、気付いた鷹太郎が咄嗟《とっさ》に美緒を突き飛ばし、自分が矢面に立った。黒鷲が放った矢は無情にも、鷹太郎の胸に突き立った。

「うっ――！」

崩れた鷹太郎に、美緒は駆け寄り抱きしめた。その姿を、黒鷲は見ながら、第二の矢を射ようとしたが、力尽きて絶命した。

「お殿様ッ……どうして、こんな……」

美緒が泣き出しそうになるのを、鷹太郎は微笑《ほほえ》みながら、

「大丈夫だ……これくらい、だ、大丈夫だ……」

と呟いてガクリと頭《こうべ》を垂れた。

それを離れた所から見ていた右京は、怒りに打ち震え、突っかかってきた白虎の錫杖を躱し、横払いに斬り倒した――かに見えたが鎖帷子を着ていたようだ。

「バカめ！」

白虎はさらに打ちつけてきたが、右京は飛び退りながら首を斬った。鮮血を吹き出しながら、白虎はカッと目を見開いたまま倒れた。

その惨状を見た青蛇は恐れをなしたのか、「引け、引けい！」と命令した。

鵜飼と早苗は素早く、その鬼火一族の一団を追いかけた。

右京は、鷹太郎の側に駆け寄って脈を測りながら、

「大丈夫だ。まだ助かる。五兵衛の佐渡屋敷まで舟で運ぶ。誰か、医者を呼べ」

と矢を抜かないまま、応急の手当てをした。出血させないがためだった。

岩場だらけの海辺に押し寄せる白波は、小屋を飲み込むのではないかと思えるほど、大きくなってきていた。

六

鬼火一族の本拠地に続く洞窟を、儀右衛門に連れられて、笹倉が歩いていた。

足下《あしもと》には海水がヒタヒタと溢《あふ》れている。

「お気をつけ下さいましよ。満ち潮になれば、この洞窟は海中に沈みますからな、逃げ場はないってことです」

儀右衛門の声が、不気味に洞窟に響いた。

どのくらい奥まで来たか、真っ黒い大きな鉄の扉があって、門番がふたりいる。蠟《ろう》燭《そく》を掲げて儀右衛門の顔を見るなり、扉の傍《かたわ》らにある滑車のような仕掛けを動かして、鉄扉を開いた。

その奥に空間があり、さらに奥に同じような鉄扉がある。二重になっているのだ。満ち潮になったときのためであろう。

奥の扉から、さらに数間、どこぞの屋敷内のような廊下を歩いて行くと、今度は長屋門のような木造の門があった。やはり番人がいて、儀右衛門の顔を見ると、軽く一礼をして門を少しだけ開いた。

先に儀右衛門が入って、続いて足を踏み入れた笹倉は思わず、アッと声を上げた。深い洞窟でありながら、そこにはまるで古風な神殿のような建物があり、妙に甘ったるい香木を焚《た》く匂いが漂っていた。

仏様なのか異国の神様なのか、あるいは悪魔の化身なのか分からないが、不気味で異様な顔の彫像ばかりが十数体、並んでいる。その薄暗く怪しげな雰囲気の中、赤鬼《あかおに》も仁王のように怖い顔で立ち尽くしていた。

その前に来た儀右衛門は、下段の間に正座をして、

「将軍様。この者が、我ら一族に加わりたいと申しております」

と言上《ごんじょう》してから、笹倉にも座るよう促した。

笹倉が従いながら、

「──将軍様……とな」

と呟くと、儀右衛門は赤鬼の顔色を気にして、

「私たちは佐渡将軍とお呼びしている。我らが一族の大将だ」

御簾《みす》の奥に人の気配はあるが、黄金の髑髏《されこうべ》を撫でる将軍の手しか見えない。笹倉はしゃがんだまま、その顔を確認しようとするが、簾《すだれ》で隠れている。

「儀右衛門に命じていた、約束の土産は持ってきたか」

赤鬼が笹倉に向かって訊いた。

「それが、あの大河内右京なる者、なかなかの腕前でしてな……しかし近々、必ず」

「白々しいことを言うな」

ハッと振り返る笹倉の目には、何処から来たのか必死の形相《ぎょうそう》で近づく青蛇が映り、

「おまえがさっさと片付けておれば、白虎と黒鷲は死なずに済んだ」

と言うと、俄に赤鬼の目の玉がギョロリと動いた。

「死んだだと……」

「女たちの村を襲撃した折、その大目付とやらと女たちの一人に殺されました。なぜか能登松波藩の新しい藩主もいましたが、そやつには黒鷲が一矢報いました」

青蛇も膝を突いて、御簾内の佐渡将軍に向かって、

「申し訳ありませぬ。私の不手際です」

と謝った。が、佐渡将軍から返事はない。その代わり、儀右衛門がおもむろに立ち上がると、笹倉を指さして、

「おまえも公儀の犬ではないのか」

「何を言う……」

「あやつらが遊郭の『異人館』に来た折、おまえは大河内と戦うふりをして、逃がし

たであろう。俺の目を節穴だと思うなよ」

「誤解だ。俺は本当に……」

「黙れ」

青蛇がいきなり斬りかかると、笹倉は素早く避けて、ダッと上段の間に上がりながら抜刀するや、バッサリと簾を切り落とした。

そこには、錦繍《きんしゅう》の衣を纏《まと》って黄金の髑髏を持った男がいる。

その顔を見て、笹倉は「アッ」と凍りついた。

「お、おまえは……!?」

立ち尽くした笹倉の背後から、青蛇が気合いとともに、長刀を振り下ろした。かろうじて避けて構え直すや、

「佐渡将軍などと……ふざけるな！」

と笹倉は激昂《げっこう》して髑髏に斬りかかろうとした。

寸前——佐渡将軍は髑髏の頭を押した。すると、落ち窪んだ両目の奥から、シュシュッと鋭い針が飛び出してきた。

一本は巧みに躱した笹倉だが、もう一本が喉仏に命中した。

「うっ……」

赤鬼と青蛇が微笑すると、笹倉は手足が震えだし、刀を落としてしまう。

「ど、毒針か……」

喘ぐ笹倉の首を、背後から近づいた青蛇が両腕で締め上げ、首吊り状態にした。藻《も》搔《が》く笹倉だが、しだいに意識が朦朧《もうろう》となっていく。さらに激しく揺さぶられながらも、

「――御公儀が……黙っていると思うのか……今に軍勢が押し寄せて……おまえたちなど……一網打尽だ」

佐渡将軍は、笹倉が青蛇に絞め殺されるのを眺めながら、葡萄酒《ぶどうしゅ》を飲んでいる。意識が消えかかった笹倉を、青蛇が床に叩き落とすと、赤鬼が金剛棒を思い切り叩きつけた。

呻《うめ》き声も出せぬまま、笹倉は死んだ。


その頃、銭屋五兵衛の屋敷では――。

鷹太郎が町医者に手当てを受け、傷口も縫われて養生していた。

肩から胸に晒《さら》しを巻きつけられたまま、失神しているが、痛みが続くのであろう、無意識に呻いていた。その度に、鷹太郎はピクリと痙攣《けいれん》したように体を奮わせるが、傍らで見守っている美緒がしっかりと抱きしめていた。

美緒は町医者に言われたとおり、時折、晒しを外して、焼酎で消毒を繰り返し、その都度、新しい布に取り替えた。呻いてはいるが、気を失ったままの鷹太郎の顔を、美緒は愛《いと》おしそうにじっと見つめていた。

——何の縁もゆかりもなく、助ける義務も務めもないはずなのに、どうして……。

とっさに身代わりとなって、黒鷲の洋弓の矢を受けた瞬間の鷹太郎の姿が、美緒の脳裏深くまで刻まれていた。

「これまでも……何人か、女たちが犠牲になった……隠し金山で働かされた挙げ句、使いものにならなくなったと棄《す》てられた人もいる……そして関わりのない人までが……いつまで、このようなことを……これでは、まるで私の国で起こったことと変わらない」

独り言を洩《も》らした美緒だが、離れた所から五兵衛が痛ましい顔で見ていた。

「ねえ、五兵衛様……私を助けて下さったように、佐渡の人たちを助けて下さい……」

切実に訴える美緒の顔を、五兵衛は黙って見守るしかなかった。

眠ったままの鷹太郎の傍らで、美緒は薬研《やげん》で薬草を擂り潰している。自分の持てる力をすべて出して、守ってくれた人の命を助けたいという思いで一杯なのだ。

美緒は薬草を水で溶いて、鷹太郎に飲ませようとする。だが、鷹太郎は無意識に吐き出してしまう。自分で飲み込むことができないのだ。だから美緒は、薬を少しずつ口移しで飲ませた。それを何度も何度も繰り返したものの、鷹太郎が眠りから覚める様子はなかった。

夜になっても、潮騒だけが響く屋敷は寂寞《せきばく》としていた。行灯《あんどん》の薄灯りの下で、熱に浮かされている鷹太郎の額や体を、美緒は濡れ手拭いで拭いてやるくらいしかできなかった。

その懸命な表情を、傍らで見ている仲間たちも切なくて苦しかった。

美緒は祈る思いで看病するしかなかった。手が空いたとき、傍らにあった大きな貝殻に、何やら歌をしたためた。その貝殻をお守りのように祈りを込めて、鷹太郎の襦《じゅ》袢《ばん》の懐に入れるのであった。

そんな日が、三日程続いた。

眩《まぶ》しい朝日が差し込んでいる部屋なのに、美緒は壁に凭《もた》れてうたた寝をしていた。夜通し世話をしていて疲れたのであろう。

すると、鷹太郎が目をうっすらと開けた。起き上がろうとして、

「うっ――」

と顔を顰《しか》めた。思うように動けない。

気がついた美緒はすぐに近づいて、優しい声で囁《ささや》いた。

「まだ無理をしないで下さい……」

「——美緒さんか……ああ、無事でよかった……」

自分のことよりも、まず人のことを心配した鷹太郎の心根に、美緒は驚いた。

「ごめんなさい。私のために……」

「ここは？」

「大丈夫です。七浦《ななうら》という所で、鬼火一族でも見つけられない所です。五兵衛さんが手配りしてくれました。見張りももちろん、つけておりますし、大河内さんの手の者も近くで護衛してくれております」

「すみません。迷惑をかけましたね」

「そんな……」

お互い見つめ合って、心の裡を確かめあうように頷いた。疲れ切った美緒の顔を見て、鷹太郎は改めて礼を言った。

「寝ずに看《み》てくれていたようですね……ありがとう」

まだ痛む胸に手をあてがうと、貝殻に気付いて取り出して見た。

「――これは……？」

「佐渡には、順徳《じゅんとく》上皇や歌人の京極為兼《きょうごくためかね》など優れた人たちが流されてきました。その人たちが貝殻に歌を書いて、お守りにしていたとか。私にできることは、それくらいで……」

「………………」

　鷹太郎が貝殻を握りしめたとき、おたねが魚が入った籠を手に入ってくる。

「気付かれましたか。よかった、よかった。これで精をつけて元気になって下さい。佐渡の魚は美味《おい》しいんだから」

　おたねの屈託のない声に、ようやく安堵《あんど》したのか、美緒からも微笑みが洩れた。

「みんな、島が好きなのですね」

「そりゃそうです。島で生まれて育ったんだもの。美緒さんだって、同じ気持ちさね」

「それにしても……」

　なんとか起き上がった鷹太郎は、美緒に訊いた。

「他の者たちは亭主や親兄弟らが犠牲になっているが、あなたは異国から来ながら、どうして、ここまで……」

「同じような情景を、無くなった国でも見ていたからです……私の目の前で父は敵軍に殺されました……」

「…………」

「父は国民のためなら、命を投げ出す人でした。他国から攻められても負けないような軍勢も持っていました。ですから、私も幼い頃から武芸を父から習い、大人になれば国民とともに戦うつもりでした。でも……大国には無惨に敗北してしまいました」

美緒は無念そうに言って、鷹太郎を見つめた。

「私も自害しようと思っていました。漂流したのは幸い……そのまま海の藻屑《もくず》になってしまえって自棄《やけ》を起こしてました……でも、偶然、銭屋五兵衛様に助けられ、佐渡に来てからは、そこのおたねさんたちに、本当によくして戴いた」

「…………」

「だから、何処から現れたのか……鬼火一族がこの島を支配するようになってから、私は国のことも思いながら、その無法ぶりに目を瞑《つむ》ることができなかったのです」

そこまで美緒が言うと、おたねが続けた。

「でもさ、肝心の佐渡奉行が及び腰。ご公儀に訴え出ようとしても、鬼火一族の息がかかっている越後の代官所や関所で、捕まってしまう……だから美緒さんは、私たち島の者のために立ち上がってくれたんだ。自分の国のような悲惨なことにならないようにって」

と悲痛に訴えた。

「いいえ……私はただ、おたねさんたちみんなに、少しでも恩返しをしたいだけです」

話を聞いていた鷹太郎は、納得したように頷いた。

「私も俄殿様だが、気持ちは一緒だ。佐渡と能登は、古来、海を通じて兄弟のような繋がりがあったとか。でしょ、五兵衛さん」

「ええ。人足《にんそく》として佐渡金山に出稼ぎにいくことも多かったのです。でも、此度のように、まるで〝人狩り〟のようなことは、決して許されません」

「そのとおりです。五兵衛さん、松波藩はいずれ、〝大名普請《ぶしん》〟として、能登にある天領の護岸普請などを押しつけられてしまうでしょう。相当の出費になる覚悟をしなければなりませんが、逆にそれを利用したい」

「と申しますと」

「海路と水路を結びつけて、領内の奥まで河川運行ができるようにし、また石橋などの水道を造り、自領の水田、水利に生かそうと思うのです。そのためには、水野忠邦様が唱えている〝洋学の禁〟などは破ってやろうと思うのです。西欧の技術を取り入れることで、様々なことが良くなるのではないかと考えております」

「よくぞ申してくれました。そうなれば、この銭屋五兵衛、一肌も二肌も脱ぎますぞ」

豪快に笑う五兵衛につられて、鷹太郎も大笑いすると、傷が激しく痛んだが、

「この美しい島を愛する美緒さんたちの思いは、必ず通じますよ」

と夢を語るのであった。

七

薄暗い山道の藪《やぶ》の中に、小さな洞穴がある。そこからは、人がやっとひとり入れるほどのものだ。だが、中に入れば意外と広く、立って歩けるほどの高さもあった。

龕灯《がんどう》を片手に歩くのは、権六爺《ごんろくじい》さんで、その後から来るのは、右京だった。

「隠し金山の金脈を見つけたのだって、元はわしじゃ。草鞋《わらじ》の金粉くらい貰っても、当たり前じゃねえか。バチは当たるまいが」

権六が文句を言うと、右京はもっともだと頷いた。

「本当に、鬼火一族の根城への道は分かるのか」

「さあ、この先に古い坑道があるが、行ってみねえと分からねえ」

「大丈夫か……」

「しかし、あんたも変わり者だな。わざわざ、わしのことを探してまで、鬼火一族退治とは……殺されに行くようなものだでなあ。引き返すなら、今だぞ」

かなりボロボロの坑道で、岩が崩れるのを防いでいる支柱なども腐っている。いつ倒壊してもおかしくない状態だった。

その岩肌に触れながら、権六は声を震わせて、

「――気をつけなされよ。ふつう金山の地盤は固いが、この隠し金山はどうも怪しい」

「おいおい、脅かすなよ」

「本当だで。掘れば埋めてしまうから、元々、しっかりした造りじゃない。生き埋めになった鉱夫は数知れない」

「そんな酷《ひど》いことが……」

「ああ。わしは許せぬ。許せぬが、こんな爺《じじ》イひとりが頑張ったところで、何かできるわけじゃないから……は、ハックション！……危ない危ない。クシャミでも崩れそ

うじゃ」

クシャミの仕方まで政盛に似ていると、右京は思って苦笑した。

「何がおかしいのだ、若造……佐渡奉行所までが与《くみ》しており、連れて来られた男たちは死ぬまで働かされる。本当に地獄じゃ」

「そのようだな」

「逃げるのを諦めてる奴らも多いらしい。せめて、逃がしてやりたい」

「隠し金山ではなく、公儀のものとして採掘すれば、きちんと富の分配もできると思うのだがな」

「ま、綺麗事はいいやね。俺たちからすれば、お上が儲けるか、鬼火一族が儲けるかの違いじゃわい。だけどよ、やはり人殺し紛《まが》いの阿漕《あこぎ》なことをするのは、いけねえなあ」

権六にもささやかな正義感があることに、右京は嬉《うれ》しくなった。その権六が、突然、止まったので、右京は図らずもぶつかった。

「どうした」

「あいや……どっちだったたっけなあ」

坑道の行く手が、二股に分かれている。

「迷ったのか」

「ええと……そうじゃなあ……」

首を傾《かし》げながら、足下に落ちていた棒切れを拾うと、権六はクルリと廻した。棒が倒れた方向を指さして、

「こっちだな」

「おい、おい。本当かよ、親父」

「親父じゃねえっちゅうに」

右側の方の坑道に入っていく権六に、右京は従うしかなかった。

途端、コロコロと小石が頭上から落ちてきて、背中などに当たった。結構な数で、かなり痛かった。

「危ねえな。こりゃ崩れる。やっぱり、あっちにするか」

権六はすぐに引き返して、反対の坑道に向かって歩き出した。

「本当か……？」

「疑り深いお侍だなや。そんなこっちゃ出世しねえぞ。隠し金山に繋がっているのは、こっちだ……たぶん」

しばらく権六についていくと、やはり同じように小石が天井から落ちてきて、ポタ

ポタと水滴も背中にかかってきた。

「嫌な予感がするだがや……水が出てるってこたあ、危ないかもしれんな」

不安げな顔になる権六に、右京は帰るように言った。後はどうにかするからと、権六が手にしていた龕灯と絵図面を、半ば強引に受け取った。権六は意地になったように、

「そうはいかない。一旦、引き受けた上は……」

と言ったが、右京は押しやりながら、

「いいから、早く……ゴロゴロと雷のような音がしてきたが、本当に崩れるかもしれぬ。なに、俺はこれまで何度も隠し金山や銀山の探索をしてきたから慣れっこだ」

「本当かい。気をつけなされよ」

さらに雷鳴のような音がすると、権六は「ひええ」と大声を発しながら来た坑道を、壁を手探りしながら戻っていった。

そこから、どのくらいの傾斜した坑道を歩いたであろうか――。

行き止まりの岩壁があった。だが、その岩に触れてみると、本物ではなく紙に描かれたものだった。ベリッと剝《は》ぐと、そこには鉄の扉が隠されていた。どうやら、外から来た者がいても、目眩《めくら》ましにするつもりだったようだ。

手探りで扉近くを探すと、案の定、岩壁にカラクリ仕掛けがあった。それを引っ張ると――ガガガッと扉が反転し、通路が現れた。そこを抜けると、さらに大きな洞窟がある。

その先に、微かな灯りが見えた。

右京が開けた鉄扉の音に気付いたのか、

「誰かが来たみたいだぞ」「向こうだ、行ってみろ」「怪しい奴なら殺せ」

などという声が洞窟に響いた。

一斉に駆けてくる足音が聞こえる。その方向に〝奥の院〟があるということだ。むしろ、右京の方から駆け出していた。

その先は、見上げるほど天井が高い洞窟で、鍾乳洞のように見えた。さらにその奥には、白亜の神殿が見える。

「あっ、おまえは！」

・岩場の高台になっている所から、声をかけてきたのは、青蛇であった。

「とうとう見つけたぞ。非道な鬼の隠れ家をな」

右京が声をかけると、青蛇が笑った。

「ふはは。また殺されに来たか。命知らずの公儀の犬めが」

「なんだと……」

「笹倉は死んだぞ。おまえの仲間だろ」

「！……」

「まだ冥途の途中だ。追いかけて自棄酒でも酌み交わすがいい」

言うなり、青蛇は鋭く斬りかかった。

すぐさま抜刀して応戦する右京は、青蛇の長刀を弾《はじ》き飛ばした。猛然と刃を打ちつける右京の太刀筋は、これまでよりも力強く激しかった。百戦錬磨の腕前の青蛇をして、たじたじとなるほどだった。

――ガキッ。

右京の名刀〝備前長船《びぜんおさふね》〟が、青蛇の長刀を叩き折った。その切っ先が、背後から襲ってくる手下のひとりに突き立った。

悲鳴を上げて倒れる手下の屍《しかばね》を乗り越えるように、十数人の手下が突っ込んでくる。だが、広いといっても外とは違う。思うように動けず、二、三人ずつしか踏み込んで来られない敵は、右京にとって恐れるに足らなかった。

次々と打ち倒してゆくと、槍を構えた青蛇が踏み出してきて、シュッと穂先を突き出した。危うく避けて槍の柄を小脇に挟んだ右京は、相手を押しやりながら、バサッとその柄を切った。その穂先を投げると、別の手下の胸を突き抜いた。

さらに青蛇は脇差しを抜いて、ひらりと斬りかかってきて、一対一の鍔迫り合いとなったが、その脇差しまでも叩き折った右京は、返す刀で青蛇の喉元を払った。

「ううっ――！」

青蛇の目の色が斑《まだら》模様になって、のたうち廻りながら倒れた。右京は青蛇が再び立ち上がってこないかと〝残心《ざんしん》〟を取ってから先に進もうとすると、

「そこまでだ」

と行く手の岩場の上から、声が聞こえた。

見上げると、岩には小さな通気口のような穴があり、外の光が差し込んでいる。そこに立っていたのは、儀右衛門だった。

「刀を置いて貰おうか。でないと……」

ぐいっと儀右衛門に引っ張られて現れたのは――なんと、徳馬だった。

その額に、儀右衛門は短筒を突きつけている。

「と、徳馬！　どうして、ここへ」

「その岩穴から入ってきたのです。私の小さな体なら入れるかと」

「おまえ、まさか探索をしていたのか」

「はい。高橋《たかはし》や小松《こまつ》と一緒に。ふたりは、佐渡吉《さどきち》とともに、外の崖下におります」

徳馬は子供ながら妙に落ち着いている。儀右衛門は不敵な笑みを浮かべて、

「さあ。可愛い息子を殺されたくなければ、刀を置いて、その場に座れ」

「………」

身動きできない右京の周りには、じわじわと手下たちが近づいてくる。隙あらば斬ろうと刀の切っ先を向けている。

「さあ。早くしろ。でないと……」

と儀右衛門が言ったとき、徳馬が毅然と言った。

「撃ちたかったら、さっさと撃ちなさい。私は父の足手纏いになりたくない。私が死ねば、あなたも死ぬ」

「………」

「さあ！　撃ちなさい！」

徳馬は自ら儀右衛門の短筒に額を近づけた。ほんのわずか、儀右衛門はたじろぐようにに身を引いた。次の瞬間、徳馬は相手に相撲の外掛けをして倒した。

「うわっ」

儀右衛門はそのまま仰向《あおむ》けで、岩場の上から転落した。その隙に、徳馬は岩場の穴

から外に逃げた。

「でかしたッ」

右京は声をかけてから、襲ってくる手下たちを薙《な》ぎ倒し、儀右衛門に駆け寄った。したたか背中を打っていた儀右衛門だが、隠し持っていた匕首を突き出してきた。その隙に、背後から手下が斬り込んできたが、ひょいと避けた。すると、手下の刀が儀右衛門の脳天を叩き割った。

「うっ……なんで……この俺が……」

倒れて絶命した儀右衛門を横目に、右京はさらに奥へと進んだ。

奥の院の神殿の中は、果てしなく白木の廊下が続くように見えた。歩いて来た右京が背後に異様な殺気を感じて振り返ろうとすると——まるで壁から出てきたかのように、ガッと首を摑まれた。

「!?——」

藻掻く右京は、首を持たれて吊り上げられた。浮いた足をバタバタさせたが、異常なほどの怪力には無駄な抵抗だった。背後にいるのは、赤鬼だった。

「よく、ここまで来たな。だが、これにて終了だ」

赤鬼は右京の耳元に囁いた。だが、右京は両手を伸ばして、赤鬼の両耳を同時に思い切り叩いた。これは、鼓膜が裂けるほどの威力があるのだ。

「うぎゃッ!」

思わず手を放した赤鬼だが、右京も廊下に転倒した。振り返って見上げると、驚くほどの巨漢であった。

さらに摑みかかってくる赤鬼の腹や胸を殴る蹴るするが、微動だにしない。まるで砂嚢《さのう》か何かを叩いているかのようだった。金的を打ったが、そこも鉄の帷子で防御していた。右京の足の方が痺《しび》れて、悶絶した。

その隙に、赤鬼は得意の金剛棒を振り上げて、右京に打ち下ろしてきた。もろに当たれば、背骨が砕けるであろう。

懸命に避けた右京は、落とした刀を拾おうと横転しながら手を伸ばしたが、赤鬼は力任せに神殿の壁や廊下を叩き壊す勢いで、右京を攻めてきた。

右京は一寸を見切って躱していた。赤鬼の金剛棒も壁に突き刺さったまま、取れなくなった。その隙に、右京は刀を取りに走ったが、猛牛が襲いかかるかのような素早い動きで、赤鬼が飛びついてきた。

太い腕で摑んだ右京を、今度は鯖折《さばお》りのような体勢で、赤鬼は抱え上げた。そして、何度も床に打ちつけた。さらに、太い足で右京を踏みつけ、壁から金剛棒を抜き取り、叩き落とした。

必死に避けた右京は、ふらふらになりながら横に転って、赤鬼の膝を摑んで捻《ひね》り倒した。その勢いで、赤鬼は金剛棒を自分の足に打ちつけてしまった。

「うがあッ」

悲鳴を上げてのたうち廻る隙に、右京は自分の刀を拾い上げた。それでも立ち上がってくる赤鬼をかいくぐって、背中に一太刀浴びせた。やはり鎖帷子を着込んでいるらしく、火花が散った。

さらに切っ先を赤鬼の背中に突くと、鎖の隙間からグサリと心の臓を剔《えぐ》った。

前のめりに血を吹きながら倒れた赤鬼は、倒れ様、近くにあった柱にしがみつき、必死に這《は》い上がりながら、天井から下がっている鎖を引っ張った。

「――ふふふ……これで、おまえの帰り道はない……ぐふふ……」

憎々しく金歯を見せながら笑って、その場で絶命して崩れた。まるで岩が落ちたかのような振動だった。

八

奥の院のさらに奥に、佐渡将軍の部屋があった。そこに至る廊下は、まるで能舞台の橋掛かりのような趣があった。

どこかで轟音《ごうおん》がして、ぐらぐらと地震のように洞窟が揺れた。

「!?――」

急ぎ足で先に進む右京の行く手が、俄に明るくなった。

御簾があり、するすると巻き上がると、そこには、佐渡将軍らしき男が現れた。異国の法衣に、まるで金の蒔絵《まきえ》が施されているようだった。

怪しげな幾種類もの色彩の蠟燭灯りが、水面《みなも》のように壁で揺らめいている。

だが、椅子に座っている男の顔には灯りが当たっておらず、膝の上の黄金の髑髏だけが眩しく燦《きら》めいていた。

「待ちかねたよ、大河内右京様――」

髑髏が震えるような声を発したように感じた。訝しげに見やる右京が、

「知っているのか、俺のことを」

と一歩踏み出すと、まるで髑髏が喋っているかのように答えた。

「ええ、よく存じ上げております。幼き頃は聡明でいらしたが、いつ頃からか、〝ひようたん息子〟などと呼ばれ、ふらふらとなさっておいででしたな」

「…………」

「お父上の〝かみなり旗本〟の讃岐守様とは大違いでしたが……ここまで単身、乗り込んできたことは、誉《ほ》めて差し上げましょう」

右京がさらに一歩踏み込むと、蠟燭灯りに浮かんだ顔は、誰あろう――死んだはずの佐渡奉行・堀田采女であった。

「おまえは……！」

堀田采女は、公家のような上品な面差しで、佐渡の闇将軍とか鬼火一族の頭領という呼び名の印象とはまったく違う穏やかな顔だ。

「はい。この顔を見た途端、水野忠邦の密偵とやらも死にました」

黄金の髑髏を撫でた途端、両目から五寸釘のような針が飛んできた。右京は素早く避けながら、身を屈《かが》めて刀を掲げて蠟燭灯りを反射させた。髑髏からはさらに、毒針が飛んでくるが、右京は袖で払い落としながら、間合いを取った。

「堀田采女！　何故、かような真似を！」

「老中・小早川侍従もとろくさい奴ですな……さっさと公儀軍を送ってきておれば、おまえのような輩は、怨霊党の仲間として葬ることができたものを」

堀田がほくそ笑む顔を睨みつけて、右京は刀の柄を握りしめた。

「なるほど……自ら殺されたと見せかけて、闇の世界を支配していることが露見せぬよう、小早川侍従を使っていたわけか」

「闇の世界とは大袈裟な……くふふ……」

「何が可笑《おか》しい」

「そうではありませぬか、右京様。この世の中に、闇だとか陰謀だとか、そのようなものは存在しませぬ。鬼や夜叉《やしゃ》もね……そんなのを信じるのは、幽霊や物《もの》の怪《け》がいると信じるのと変わりませぬ」

「…………」

「でございましょう？　あのご立派な大河内讃岐守様をお継ぎになった大目付なのですから、この国を取り巻く状況は、百も承知なのではありませぬか？」

堀田は物静かに、殺戮《さつりく》とか人攫いなどとは無縁のような口振りで続けた。

「この佐渡に限らず、蝦夷松前《まつまえ》や隠岐《おき》、対馬《つしま》、肥前平戸《ひぜんひらど》などは、当たり前のように密貿易をしているではありませぬか。薩摩《さつま》などは堂々と、幕府が認めている……しかも今の日本周辺の海域には、清国《しんこく》や朝鮮のみならず、エゲレスやポルトガル、新興国メリケンなどの商船が無数に来貢《らいこう》しておりますぞ」

「……………」

「だが、幕府はいまだに長崎交易に拘《こだわ》り、この佐渡からも漂流した領民が、メリケンの船に助けられ、オロシアに逗留しているにも拘わらず、帰国すらさせて貰えない。変な話だと思いませぬか。世界は海で繋がっているのです」

グラグラッとまた天井や壁が揺れた。先刻の赤鬼の仕掛けのせいであろう。だが、堀田は自分だけは大丈夫だと思っているのか、淡々と思いの丈をぶつけるように続けた。

「――そして、日本以外の国々は、当たり前のように商取引をし、人との交流もあります。だが、そのようなことをされては、交易を独占している幕府が困る。だから、闇の世界だの鬼夜叉のなせる業《わざ》などと言って、人々の目を逸《そ》らせようとしている」

穏やかな態度と口調で、堀田は説諭するかのように続けて、

「真実を隠して、本当の世の中の営みを人々に見せることもせずして、なにが御公儀でしょうか。領民庶民を騙《だま》しているだけのことではありませぬか」

と持論を展開した。

「それが正しい道だと思うならば、かように逃げ隠れせずとも、堂々と日の当たるところで言上すればよい。俺の親父は堅物だが、上様も水野忠邦様も聞く耳を持とう」

「何度も申し上げました……この佐渡は極楽ですと……佐渡を長崎のような窓口にすることも提案しました……ですが、右京様が名指しされた方々は、どなたも無視です。ですから、私はあえて、佐渡奉行に任命して貰い、自分で極楽を作り上げようとしました……いや自分の国を造りたいと頑張ってきました」

「………」

「そして、この佐渡を、古来、そうであったように、独立国にしようと力を注いできたのでございます。佐渡の民《たみ》百姓も、天領として奉仕するより、自分たちの国として働くことに喜びを感じておりますよ」

散々、自分の思いを語った堀田に、右京は真剣なまなざしを向けて、

「おまえの夢はよく分かった。だが、その夢を叶えるために、御定法を破り、罪のない者を傷つけた罪は消えぬ。国を豊かにするためではなく、おまえがただ欲望を満たしたいがためだからだ」

「………」

「堀田。おまえがやっていることは、美緒の国を襲った大国が、その領民を追放した

り、隷属させたことと同類だ」

　右京が正面から罪を問うたが、堀田はただ薄笑いを浮かべるだけだった。

「銭屋五兵衛だって、異国の船と密かに交易している。ですが、その莫大な富は、日本のためになっているではないですか。これを密かにやるのではなく、国策としてやれば如何と私は申し上げているのです」

「…………」

「この際、右京様を大目付として見込んで、お願いがございます……佐渡の独立を認めて下さるよう、上様に嘆願して戴けませぬか。独立が無理なら、せめて対馬が朝鮮国王と結んでいる〝己酉《きゆう》約条〟のようなものを発行させて戴き、公の交易として認めて下さいませぬか」

「相分かった。その旨、上様にお伝えし、幕閣でも諮ろう」

「まことに……」

　僅かに堀田の目が燦めいた。

「その前に、おまえが死んだと見せかけてまで、幕府を翻弄したこと、公儀に隠して金山を掘り、そのために無理に男たちを集め、死んだ者は犬猫のように棄てたこと、さらには異国の女たちを攫ってきてまで遊郭を造ったこと……これまで人の命まで奪ったことを、正直に告白しろ」

「…………」

「どうだ。分かるな、堀田……」

右京は諭すように言ったが、堀田は呆れ果てたように笑って、

「いやはや。お若いのに、これほどまでに頭が固いとは、思ってもみませんでした」

「幾ら己が正しいと語ったところで、無法者であることは間違いない。そして、おまえのやっていることには、義がない」

「……そうですか……ならば、私自身が〝公儀〟となるべく、佐渡の将軍になるしかありませぬな。ここに、この世で一番美しい……私だけの国を造ります。上様とて邪魔はさせませぬ」

「その愚かな夢は断じて叶わぬ。慈悲や思いやりのない人間に、国など造れぬのだ」

右京が言った途端、堀田が座っている背後の壁が大きく揺れた。すると、地震のような縦揺れと横揺れが続き、堀田のすぐ近くの壁が、脆《もろ》くもガラガラと崩れた。

そこには——山のように詰まれた金塊があった。闇の中でも、眩しいばかりに燦めいているではないか。

一瞬、右京の目も眩《くら》むほどだった。

堀田はシマッタという顔になったが、居直ったように顔つきが変わって立ち上がり、傍らにある黄金色《こがねいろ》の剣を手にした。

「こうして、蓄財しているではないか。民百姓のためとは、片腹痛い。己《おの》が欲望のため、人を人とも思わぬ非道の数々は、この大河内右京、〝天下御免〟にて成敗致す」

右京が身構えると、堀田はもはや問答無用と斬りかかった。その豪剣は右京の刀を弾き返すほどである。

火花が飛び散るたびに、黄金の金塊が光っていた。何度か刃を交えているうちに、地鳴りが起きて、轟音が湧き起こった。尋常の揺れではなかった。

グラグラと大小の岩が天井から落ちてきて、神殿が一瞬にして破壊されて傾いた。そんな中でも、堀田は常軌を逸したような目つきになって、右京に激しく斬りかかってきた。その息もつかせぬ剣捌きを重ねている上にも、神殿の屋根や梁《はり》が落下してきた。

右京は避けながら斬ろうとしたが、その肩に小岩が落ちてきた。

「うっ……！」

ガックリと膝をついたとき、堀田が無言のまま鋭く斬り込んできた。だが、一瞬早く、右京の払った刀が堀田の腹を斬り、返す刀で袈裟懸けに斬り倒した。

堀田は悲鳴を上げながらも、金塊の山の方に倒れ込み、這うようにして金の延べ棒を必死に握りしめた。

「黄金じゃ……黄金の雨よ降れ……ここは私の国……黄金の国じゃ……ハハハ」

朦朧としながらも、金塊に頬を擦りつける堀田の体の上に、神殿の壁とともにガラガラと岩が崩れてきた。

それは土砂崩れのようになって、右京の方にも迫ってきた。

「!?――」

必死に逃げ出そうとする右京の前にも、落石が起きて、行く手が塞《ふさ》がれてしまう。

「……やはり、赤鬼のせいか……それとも地震なのか……」

帰り道はないと言った赤鬼の顔を思い出し、右京は落ちる岩をかいくぐるように逃げ出したが、八方塞がりであった。入ってきた坑道にも小さな岩が雪崩れ込んで、足場には海水が流れ込んできた。

「――まいった……」

脳裏に絶望が過《よ》ぎったとき、

「こっちぞ。何処を見ておる。ほら、こっちだ、こっち」

と政盛の声がした。たしかに父親の声だ。

幻聴かと思ったが、振り返ると、小さな抜け穴のような所から、もぐらのように権六が顔を出している。

「早うせい。ここから海岸に繋がっとるがよ。急げ、ここも崩れてしまうぞ」

どうやら権六は心配して、戻ってきてくれていたようだ。右京は心の中で手を合わせながら、権六の方へ駆け出した。


翌日——。

小木《おぎ》湊には、右京たち一行と、鷹太郎の姿があった。家臣たちも一緒である。それを見送る美緒たち女と銭屋五兵衛もいた。

「では、右京様。私はしばらく逗留して、この美緒さんたちを支えます。諸々の後始末は、以前のように戻った佐渡奉行所のお役人がやってくれるそうです」

五兵衛が言うと、右京は新任の佐渡奉行が来るまで差配を任せることにした。

「宜しく頼みましたよ。江戸に帰れば、小早川侍従の始末もありますからな、少しばかり忙しくなります」

「右京様もどうか、お気を付けて」

片や、まだ傷が癒えていない鷹太郎だが、能登松波藩と佐渡のこれから先の交流を願いながら、迎えの船に乗り込もうとした。

そこに美緒が近づいてきて、一枚の貝殻を手渡した。

――会うことを、またいつかはと、結うたすき、かけし誓いを、神に任せて……。

貝殻にはそう書かれてあった。鷹太郎はそれを懐に仕舞うと、別の貝殻に、さらさらと矢立《やたて》で歌を書いた。それを美緒が読んだ。

「――もの思い、佐渡路の浦の白波も、立ち帰るならい、ありとこそ聞け……」

美緒は熱い思いに駆られて、大切そうに懐に仕舞いながら、

「沖へ引いても、戻らぬ波はない……そうなのですね」

見つめ合うふたりは、再会を歌で誓い合ったのだが、鷹太郎はハッキリと言った。

「必ず迎えに来る。そのときには、私の妻として、能登に……」

だが、美緒はそれには答えなかった。愛すべき佐渡から離れたくはないのだろう。

「……これは一生、大切にします」

美緒は胸の貝殻を掌《てのひら》で包み込むのだった。

佐渡は美しく穏やかな島に戻った。古来そうであったように、佐渡と能登はまた深く結ばれるであろう。その時には、鷹太郎が描く異国との深い交流が、国策としてできる世の中になっているであろうか。

右京は、黄金の中で倒れ込む堀田の姿を一瞬思い浮かべた。考えは間違っていないかもしれぬ。やり方が間違いだった。

この後――銭屋五兵衛も密貿易の〝汚名〟を着せられて不遇な老後を送ることになるとは、この時は思ってもいなかった。

越後へ向かう船は、荒海をものともせず、雪で覆われた峰々を見上げるかのように、ドンドンと船底が突き上げられながらも、堂々と進んでいた。

激しく揺れる甲板には、右京と徳馬が並んで立っていた。

「父上……帰りは越後の彌彦《いやひこ》神社に参りたいです」

「ああ、そうしよう」

「そして、岩室《いわむろ》の湯に浸《つ》かりましょう」

「……おまえ。よく知っておるな」

「帰りはそうしなさいと、母上に教えられておりました」

「綾音《あやね》がか……それは結構なことだが、無茶はいかんな。お祖父《じい》様に似て、やることが乱暴すぎる。俺は心配で心配で……」

「では、これからは何処かに出向くときは、私も同行させて下さい。後学のためです。いずれ大目付になるのですから」

「さあ、どうだかな」

「え……」

「おまえが大きくなる頃には、この国は変わっているかもしれぬ。大目付なんぞなくなっているかもな。その代わり、余所の国に行けるようになっているだろう。おまえなら、平気で、異国に行けそうだな」

「──はい」

荒海に出る父子船には、これからも如何《いか》なることが待ち受けているか分からない。だが、右京はまだ幼い徳馬を妙に頼もしく感じ、いつまでも見守っていようと心に誓った。

青空に広がる越後の山々は、新たな希望にも見え、危難にも見えた。だが、この父子の絆はさらに強くなるであろう。

海鳥が風に乗って、ふたりを乗せる船の後を追いかけてきていた。

井川香四郎　著作リスト

	作品名	出版社名	出版年月	判型	備考
1	『飛蝶幻殺剣』	廣済堂出版 光文社	〇三年十月 一六年四月	廣済堂文庫 光文社文庫	※『おっとり聖四郎事件控一』に改題
2	『飛燕斬忍剣』	廣済堂出版 光文社	〇四年二月 一六年五月	廣済堂文庫 光文社文庫	※『おっとり聖四郎事件控二 情けの露』に改題
3	『くらがり同心裁許帳』	KKベストセラーズ	〇四年五月	ベスト時代文庫	
4	『晴れおんな くらがり同心裁許帳』	KKベストセラーズ	〇四年七月	ベスト時代文庫	

5	『縁切り橋　くらがり同心裁許帳』	ＫＫベストセラーズ	○四年十月	ベスト時代文庫	
6	『おっとり聖四郎事件控　あやめ咲く』	廣済堂出版 光文社	○四年十月	廣済堂文庫 光文社文庫	※『おっとり聖四郎事件控三　あやめ咲く』に改題
7	『逃がして候　洗い屋十兵衛　江戸日和』	双葉社 徳間書店	○四年十二月 一一年三月	双葉文庫 徳間文庫	
8	『無念坂　くらがり同心裁許帳』	ＫＫベストセラーズ	○五年一月	ベスト時代文庫	
9	『けんか凧　暴れ旗本八代目』	徳間書店	○五年四月	徳間文庫	
10	『まよい道　くらがり同心裁許帳』	ＫＫベストセラーズ	○五年四月	ベスト時代文庫	

11	『ふろしき同心御用帳　恋の橋、桜の闇』	学習研究社 光文社	〇五年五月 一七年十月	学研M文庫 光文社文庫	※『ふろしき同心御用帳』に改題
12	『恋しのぶ　洗い屋十兵衛　江戸日和』	双葉社 徳間書店	〇五年六月 一一年五月	双葉文庫 徳間文庫	
13	『刀剣目利き神楽坂咲花堂　秘する花』	祥伝社	〇五年九月	祥伝社文庫	
14	『ふろしき同心御用帳　情け川、菊の雨』	学習研究社 光文社	〇五年九月 一七年十一月	学研M文庫 光文社文庫	※『ふろしき同心御用帳二　銀杏散る』に改題
15	『見返り峠　くらがり同心裁許帳』	KKベストセラーズ	〇五年九月	ベスト時代文庫	
16	『天翔《あまかけ》る　暴れ旗本八代目』	徳間書店	〇五年十一月	徳間文庫	

17	『残りの雪　くらがり同心裁許帳』	KK ベストセラーズ	〇六年一月	ベスト時代文庫
18	『刀剣目利き神楽坂咲花堂　御赦免花』	祥伝社	〇六年二月	祥伝社文庫
19	『船手奉行うたかた日記　いのちの絆』	幻冬舎	〇六年二月	幻冬舎文庫
20	『遠い陽炎　洗い屋十兵衛　江戸日和』	双葉社 徳間書店	〇六年三月 一一年七月	双葉文庫 徳間文庫
21	『刀剣目利き神楽坂咲花堂　百鬼の涙』	祥伝社	〇六年四月	祥伝社文庫
22	『泣き上戸　くらがり同心裁許帳』	KK ベストセラーズ	〇六年五月	ベスト時代文庫

23	『ふろしき同心御用帳　残り花、風の宿』	学習研究社 光文社	○六年五月 一七年十二月	学研M文庫 光文社文庫	※『ふろしき同心御用帳三　口は災いの友』に改題
24	『はぐれ雲　暴れ旗本八代目』	徳間書店	○六年六月	徳間文庫	
25	『刀剣目利き神楽坂咲花堂　未練坂』	祥伝社	○六年九月	祥伝社文庫	
26	『船手奉行うたかた日記　巣立ち雛』	幻冬舎	○六年十月	幻冬舎文庫	
27	『大川桜吹雪　金四郎はぐれ行状記』	双葉社	○六年十月	双葉文庫	
28	『落とし水　おっとり聖四郎事件控』	廣済堂出版 光文社	○六年十月 一六年七月	廣済堂文庫 光文社文庫	※『おっとり聖四郎事件控四　落とし水』に改題

29	『荒鷹の鈴　暴れ旗本八代目』	徳間書店	〇六年十一月	徳間文庫	
30	『冬の蝶　梟与力吟味帳』	講談社	〇六年十二月	講談社文庫	
31	『権兵衛はまだか　くらがり同心裁許帳』	ＫＫベストセラーズ	〇六年十二月	ベスト時代文庫	
32	『仕官の酒　とっくり官兵衛酔夢剣』	二見書房	〇七年一月	二見時代小説文庫	
33	『船手奉行うたかた日記　ため息橋』	幻冬舎	〇七年二月	幻冬舎文庫	
34	『刀剣目利き神楽坂咲花堂　恋芽吹き』	祥伝社	〇七年二月	祥伝社文庫	

35	『ふろしき同心御用帳　花供養』	学習研究社 光文社	〇七年三月 一八年一月	学研M文庫 光文社文庫	※『ふろしき同心御用帳四　花供養』に改題
36	『刀剣目利き神楽坂咲花堂　あわせ鏡』	祥伝社	〇七年四月	祥伝社文庫	
37	『おっとり聖四郎事件控　鷹の爪』	廣済堂出版 光文社	〇七年四月 一六年八月	廣済堂文庫 光文社文庫	※『おっとり聖四郎事件控五　鷹の爪』に改題
38	『山河あり　暴れ旗本八代目』	徳間書店	〇七年五月	徳間文庫	
39	『仇の風　金四郎はぐれ行状記』	双葉社	〇七年六月	双葉文庫	
40	『日照り草　梟与力吟味帳』	講談社	〇七年七月	講談社文庫	

41	『彩り河　くらがり同心裁許帳』	KK ベストセラーズ	○七年八月	ベスト時代文庫	
42	『刀剣目利き神楽坂咲花堂　千年の桜』	祥伝社	○七年九月	祥伝社文庫	
43	『ふろしき同心御用帳　三分の理』	学習研究社 光文社	○七年九月 一八年二月	学研M文庫 光文社文庫	※『ふろしき同心御用帳五　三分の理』に改題
44	『天狗姫　おっとり聖四郎事件控』	廣済堂出版 光文社	○七年九月 一六年九月	廣済堂文庫 光文社文庫	※『おっとり聖四郎事件控六　天狗姫』に改題
45	『ちぎれ雲　とっくり官兵衛酔夢剣』	二見書房	○七年十月	二見時代小説文庫	
46	『不知火の雪　暴れ旗本八代目』	徳間書店	○七年十一月	徳間文庫	

47	『月の水鏡　くらがり同心裁許帳』	KK ベストセラーズ	〇七年十二月	ベスト時代文庫	
48	『冥加の花　金四郎はぐれ行状記』	双葉社	〇七年十二月	双葉文庫	
49	『忍冬　梟与力吟味帳』	講談社	〇八年二月	講談社文庫	
50	『呑舟の魚　ふろしき同心御用帳』	学習研究社 光文社	〇八年二月 一八年三月	学研M文庫 光文社文庫	※『ふろしき同心御用帳六　呑舟の魚』に改題
51	『花詞　梟与力吟味帳』	講談社	〇八年四月	講談社文庫	
52	『刀剣目利き神楽坂咲花堂　閻魔の刀』	祥伝社	〇八年四月	祥伝社文庫	

53	『ひとつぶの銀　ほろり人情浮世橋』	竹書房	〇八年五月	竹書房時代小説文庫	
54	『雪の花火　梟与力吟味帳』	講談社	〇八年五月	講談社文庫	
55	『斬らぬ武士道　とっくり官兵衛酔夢剣』	二見書房	〇八年六月	二見時代小説文庫	
56	『金底の歩　成駒の銀蔵捕物帳』	角川春樹事務所	〇八年六月	ハルキ文庫	
57	『船手奉行うたかた日記　咲残る』	幻冬舎	〇八年六月	幻冬舎文庫	
58	『怒濤の果て　暴れ旗本八代目』	徳間書店	〇八年八月	徳間文庫	

59	『高楼の夢　ふろしき同心御用帳』	学習研究社 光文社	○八年九月 一八年四月	学研M文庫 光文社文庫	※『ふろしき同心御用帳七　高楼の夢』に改題
60	『秋螢　くらがり同心裁許帳』	KKベストセラーズ	○八年九月	ベスト時代文庫	
61	『甘露の雨　おっとり聖四郎事件控』	廣済堂出版 光文社	○八年十月 一六年十月	廣済堂文庫 光文社文庫	※『おっとり聖四郎事件控七　甘露の雨』に改題
62	『もののけ同心　ほろり人情浮世橋』	竹書房	○八年十一月	竹書房時代小説文庫	
63	『刀剣目利き神楽坂咲花堂　写し絵』	祥伝社	○八年十二月	祥伝社文庫	
64	『海灯り　金四郎はぐれ行状記』	双葉社	○九年一月	双葉文庫	

65	『海峡遥か　暴れ旗本八代目』	徳間書店	○九年二月	徳間文庫	
66	『赤銅の峰　暴れ旗本八代目』	徳間書店	○九年三月	徳間文庫	
67	『菜の花月　おっとり聖四郎事件控』	廣済堂出版 光文社	○九年四月 一六年十一月	廣済堂文庫 光文社文庫	※『おっとり聖四郎事件控八　菜の花月』に改題
68	『それぞれの忠臣蔵』	角川春樹事務所	○九年六月	ハルキ文庫	
69	『鬼雨　梟与力吟味帳』	講談社	○九年六月	講談社文庫	
70	『船手奉行うたかた日記　花涼み』	幻冬舎	○九年六月	幻冬舎文庫	

71	『刀剣目利き神楽坂咲花堂 鬼神の一刀』	祥伝社	○九年七月	祥伝社文庫	
72	『科戸の風 梟与力吟味帳』	講談社	○九年九月	講談社文庫	
73	『紅の露 梟与力吟味帳』	講談社	○九年十一月	講談社文庫	
74	『雁だより 金四郎はぐれ行状記』	双葉社	○九年十二月	双葉文庫	
75	『ぼやき地蔵 くらがり同心裁許帳』	KKベストセラーズ	一○年一月	ベスト時代文庫	
76	『嫁入り桜 暴れ旗本八代目』	徳間書店	一○年二月	徳間文庫	

77	『鬼縛り　天下泰平かぶき旅』	祥伝社	一〇年四月	祥伝社文庫	
78	『惻隠の灯　梟与力吟味帳』	講談社	一〇年五月	講談社文庫	
79	『風の舟唄　船手奉行うたかた日記』	幻冬舎	一〇年六月	幻冬舎文庫	
80	『万里の波　暴れ旗本八代目』	徳間書店	一〇年八月	徳間文庫	
81	『はなれ銀　成駒の銀蔵捕物帳』	角川春樹事務所	一〇年九月	ハルキ文庫	
82	『おかげ参り　天下泰平かぶき旅』	祥伝社	一〇年十月	祥伝社文庫	

83	『契り杯　金四郎はぐれ行状記』	双葉社	一〇年十一月	双葉文庫
84	『釣り仙人　くらがり同心裁許帳』	ＫＫベストセラーズ	一一年一月	ベスト時代文庫
85	『男ッ晴れ　樽屋三四郎言上帳』	文藝春秋	一一年三月	文春文庫
86	『三人羽織　梟与力吟味帳』	講談社	一一年三月	講談社文庫
87	『ごうつく長屋　樽屋三四郎言上帳』	文藝春秋	一一年四月	文春文庫
88	『まわり舞台　樽屋三四郎言上帳』	文藝春秋	一一年五月	文春文庫

89	『天守燃ゆ　暴れ旗本八代目』	徳間書店	二一年六月	徳間文庫	
90	『闇夜の梅　梟与力吟味帳』	講談社	二一年七月	講談社文庫	
91	『栄華の夢　暴れ旗本御用斬り』	徳間書店	二一年八月	徳間文庫	
92	『花の本懐　天下泰平かぶき旅』	祥伝社	二一年九月	祥伝社文庫	
93	『海賊ヶ浦　船手奉行うたかた日記』	幻冬舎	二一年十月	幻冬舎文庫	
94	『月を鏡に　樽屋三四郎言上帳』	文藝春秋	二一年十一月	文春文庫	

95	『龍雲の群れ　暴れ旗本御用斬り』	徳間書店	一一年十二月	徳間文庫	
96	『吹花の風　梟与力吟味帳』	講談社	一一年十二月	講談社文庫	
97	『福むすめ　樽屋三四郎言上帳』	文藝春秋	一二年一月	文春文庫	
98	『てっぺん　幕末繁盛記』	祥伝社	一二年二月	祥伝社文庫	
99	『土下座侍　くらがり同心裁許帳』	KKベストセラーズ	一二年三月	ベスト時代文庫	
100	『ぼうふら人生　樽屋三四郎言上帳』	文藝春秋	一二年四月	文春文庫	

101	『虎狼吼える　暴れ旗本御用斬り』	徳間書店	一二年四月	徳間文庫	
102	『召し捕ったり！　しゃもじ同心捕物帳』	学習研究社 徳間書店	一二年四月 一五年十二月	学研M文庫 徳間文庫	
103	『片棒　樽屋三四郎言上帳』	文藝春秋	一二年七月	文春文庫	
104	『ホトガラ彦馬　写真探偵開化帳』	講談社	一二年七月	講談社文庫	
105	『からくり心中　洗い屋十兵衛　影捌き』	徳間書店	一二年八月	徳間文庫	
106	『千両船　幕末繁盛記・てっぺん』	祥伝社	一二年十月	祥伝社文庫	

107	『蔦屋でござる』	二見書房	一二年十一月	二見時代小説文庫	
108	『雀のなみだ　樽屋三四郎言上帳』	文藝春秋	一二年十一月	文春文庫	
109	『うだつ屋智右衛門縁起帳』	光文社	一二年十二月	光文社文庫	
110	『泣きの剣　船手奉行さざなみ日記　二』	幻冬舎	一二年十二月	幻冬舎文庫	
111	『暴れ旗本御用斬り　黄金の峠』	徳間書店	一三年二月	徳間文庫	
112	『夢が疾る　樽屋三四郎言上帳』	文藝春秋	一三年三月	文春文庫	

113	『雲海の城　暴れ旗本御用斬り』	徳間書店	一三年五月	徳間文庫	
114	『海光る　船手奉行さざなみ日記　二』	幻冬舎	一三年六月	幻冬舎文庫	
115	『長屋の若君　樽屋三四郎言上帳』	文藝春秋	一三年七月	文春文庫	
116	『恋知らず　うだつ屋智右衛門縁起帳　二』	光文社	一三年八月	光文社文庫	
117	『隠し神　洗い屋十兵衛　影捌き』	徳間書店	一三年十月	徳間文庫	
118	『かっぱ夫婦　樽屋三四郎言上帳』	文藝春秋	一三年十月	文春文庫	

119	120	121	122	123	124
『鉄の巨鯨　幕末繁盛記・てっぺん』	『おかげ横丁　樽屋三四郎言上帳』	『飯盛り侍』	『天保百花塾』	『狸の嫁入り　樽屋三四郎言上帳』	『魂影　戦国異忍伝』
祥伝社	文藝春秋	講談社	PHP研究所	文藝春秋	徳間書店
一三年十二月	一四年三月	一四年六月	一四年七月	一四年七月	一四年八月
祥伝社文庫	文春文庫	講談社文庫	PHP文芸文庫	文春文庫	徳間文庫

125	『かもねぎ神主禊ぎ帳』	KADOKAWA	一四年十一月	角川文庫	
126	『飯盛り侍　鯛評定』	講談社	一四年十二月	講談社文庫	
127	『近松殺し　樽屋三四郎言上帳』	文藝春秋	一五年二月	文春文庫	
128	『もんなか紋三捕物帳』	徳間書店	一五年三月	徳間時代小説文庫	「紋三」第一弾
129	『くらがり同心裁許帳　精選版一』	光文社文庫	一五年三月	光文社文庫	※再編集
130	『取替屋　新・神楽坂咲花堂』	祥伝社	一五年三月	祥伝社文庫	

番号	書名	出版社	刊行	文庫	備考
131	『菖蒲侍　江戸人情街道』	実業之日本社	一五年四月	実業之日本社文庫	
132	『くらがり同心裁許帳　精選版二　縁切り橋』	光文社	一五年四月	光文社文庫	※再編集
133	『ちゃんちき奉行　もんなか紋三捕物帳』	双葉社	一五年五月	双葉文庫	「紋三」第二弾
134	『くらがり同心裁許帳　精選版三　夫婦日和』	光文社	一五年五月	光文社文庫	※再編集
135	『ふろしき同心　江戸人情裁き』	実業之日本社	一五年六月	実業之日本社文庫	
136	『くらがり同心裁許帳　精選版四　見返り峠』	光文社	一五年六月	光文社文庫	※再編集

137	『じゃこ天狗 もんなか紋三捕物帳』	廣済堂出版	一五年六月	廣済堂文庫	「紋三」第三弾
138	『くらがり同心裁許帳 精選版五 花の御殿』	光文社	一五年七月	光文社文庫	※再編集
139	『賞金稼ぎ もんなか紋三捕物帳』	徳間書店	一五年七月	徳間時代小説文庫	「紋三」第四弾
140	『くらがり同心裁許帳 精選版六 彩り河』	光文社	一五年八月	光文社文庫	※再編集
141	『高砂や 樽屋三四郎言上帳』	文藝春秋	一五年八月	文春文庫	
142	『幕末スパイ戦争』	徳間書店	一五年八月	徳間時代小説文庫	※アンソロジー

143	『くらがり同心裁許帳　精選版七　ぼやき地蔵』	光文社	一五月九月	光文社文庫	※再編集
144	『くらがり同心裁許帳　精選版八　裏始末御免』	光文社	一五月十月	光文社文庫	※再編集
145	『恵みの雨　かもねぎ神主禊ぎ帳2』	KADOKAWA	一五月十月	角川文庫	
146	『飯盛り侍　城攻め猪』	講談社	一五月十一月	講談社文庫	
147	『湖底の月　新・神楽坂咲花堂』	祥伝社	一五年十二月	祥伝社文庫	
148	『九尾の狐　もんなか紋三捕物帳』	徳間書店	一六年一月	徳間時代小説文庫	「紋三」第五弾

149	『飯盛り侍　すっぽん天下』	講談社	一六年二月	講談社文庫	
150	『欣喜の風』	祥伝社	一六年三月	祥伝社文庫	※アンソロジー
151	『人情そこつ長屋　寅右衛門どの江戸日記』	文藝春秋	一六年八月	文春文庫	
152	『桃太郎姫　もんなか紋三捕物帳』	実業之日本社	一六年八月	実業之日本社文庫	「紋三」第六弾
153	『洗い屋　もんなか紋三捕物帳』	徳間書店	一六年九月	徳間時代小説文庫	「紋三」第七弾
154	『御三家が斬る！』	講談社	一六年十月	講談社文庫	

155	『大義賊　もんなか紋三捕物帳』	双葉社	一六年十一月	双葉文庫	「紋三」第八弾
156	『芝浜しぐれ　寅右衛門どの江戸日記』	文藝春秋	一六年十二月	文春文庫	
157	『別子太平記　愛媛新居浜別子銅山物語』	徳間書店	一七年五月	四六判上製	
	『別子太平記　上　愛媛新居浜別子銅山物語』	徳間書店	二〇年九月	徳間時代小説文庫	※上下巻に分冊
	『別子太平記　下　愛媛新居浜別子銅山物語』	徳間書店	二〇年九月	徳間時代小説文庫	※上下巻に分冊
158	『大名花火　寅右衛門どの江戸日記』	文藝春秋	一七年五月	文春文庫	
159	『御三家が斬る！　殺しの鬼棲む妻籠宿』	講談社	一七年六月	講談社文庫	

160	『千両仇討　寅右衛門どの江戸日記』	文藝春秋	一七年八月	文春文庫	
161	『守銭奴　もんなか紋三捕物帳』	徳間書店	一七年十二月	徳間時代小説文庫	「紋三」第九弾
162	『桃太郎姫七変化　もんなか紋三捕物帳』	実業之日本社	一八年二月	実業之日本社文庫	「紋三」第十弾
163	『殿様推参　寅右衛門どの江戸日記』	文藝春秋	一八年二月	文春文庫	
164	『暴れん坊将軍　江戸城乗っ取り』	KADOKAWA	一八年八月	角川文庫	
165	『暴れん坊将軍　獄中の花嫁』	KADOKAWA	一八年九月	角川文庫	

171	170	169	168	167	166
『島津三国志』	『桃太郎姫恋泥棒　もんなか紋三捕物帳』	『泣かせ川　もんなか紋三捕物帳』	『かげろうの恋　もんなか紋三捕物帳』	『暴れん坊将軍　盗賊の涙』	『首無し女中　もんなか紋三捕物帳』
徳間書店	実業之日本社	徳間書店	光文社	KADOKAWA	双葉社
一九年九月	一九年二月	一九年一月	一八年十二月	一八年十月	一八年十月
四六判上製	実業之日本社文庫	徳間時代小説文庫	光文社文庫	角川文庫	双葉文庫
	「紋三」第十四弾	「紋三」第十三弾	「紋三」第十二弾		「紋三」第十一弾

172	『ご隠居は福の神　1』	二見書房	一九年十月	二見時代小説文庫	
173	『桃太郎姫　暴れ大奥』	実業之日本社	一九年十二月	実業之日本社文庫	
174	『ご隠居は福の神　2　幻の天女』	二見書房	二〇年二月	二見時代小説文庫	
175	『ご隠居は福の神　3　いたち小僧』	二見書房	二〇年六月	二見時代小説文庫	
176	『桃太郎姫　望郷はるか』	実業之日本社	二〇年八月	実業之日本社文庫	
177	『ご隠居は福の神　4　いのちの種』	二見書房	二〇年十月	二見時代小説文庫	

178	『暴れ旗本天下御免』	徳間書店	二〇年十二月	徳間時代小説文庫	
179	『百年の仇 くらがり同心裁許帳』	光文社	二一年一月	光文社時代小説文庫	
180	『千年花嫁 京神楽坂咲花堂』	祥伝社	二一年三月	祥伝社文庫	
181	『ご隠居は福の神 5 狸穴の夢』	二見書房	二一年三月	二見時代小説文庫	
182	『番所医はちきん先生休診録』	幻冬舎	二一年六月	幻冬舎時代小説文庫	
183	『桃太郎姫 百万石の陰謀』	実業之日本社	二一年六月	実業之日本社文庫	

184	『ご隠居は福の神 6 砂上の将軍』	二見書房	二一年七月	二見時代小説文庫
185	『逢魔が時三郎』	コスミック出版	二一年八月	コスミック・時代文庫
186	『殿様商売 暴れ旗本天下御免』	徳間書店	二一年九月	徳間時代小説文庫

この作品は徳間文庫のために書下されました。

徳 間 文 庫

暴れ旗本天下御免

殿《との》様《さま》商《しょう》売《ばい》

2021年9月15日 初刷

著者 井《い》川《かわ》香《こう》四《し》郎《ろう》

発行者 小宮英行

発行所 株式会社 徳間書店

東京都品川区上大崎三―一―一
目黒セントラルスクエア 〒141―8202

電話 編集〇三(五四〇三)四三四九
販売〇四九(二九三)五五二一

振替 〇〇一四〇―〇―四四三九二

印刷
製本 大日本印刷株式会社

ISBN978-4-19-894671-5 (乱丁、落丁本はお取りかえいたします)